Schabrack

Roman

Pit Ferman

Jacques Brasseur, Spitzname Schabrack, trifft während eines seiner regelmäßigen Besuche in Hamburg auf Charlotta, kurz Lotta genannt, deren bisheriges Leben gerade Schiffbruch erleidet und sie von Jacques' Hartnäckigkeit zunächst wenig erbaut ist. Keineswegs geplant, landet sie letztlich aus Mangel an Perspektiven mit ihm zusammen in seiner zweiten Heimat Talhalden, wo auch Lotta rasch einen Spitznamen abkriegt: Schaluppe.

Bald stoßen die beiden durch Lottas Neugier eine Geschichte an, die viele Jahre lang unentdeckt an einem geheimen Ort schlummerte. Und Jacques macht sich Gedanken, ob in dem beschaulichen Ort vielleicht ein Mörder wohnt.

„Ich erschaff´ ein Reich,
wo nur Liebe ist,
wo du Herrin bist,
einer Königin gleich."

(aus dem Chanson „Ne me quitte pas", im Original von Jacques Brel. Deutsche Übersetzung „Geh´ nicht fort von mir" von Heinz Riedel. Interpretiert u. a. von Klaus Hoffmann.)

Impressum
TWENTYSIX – der Self-Publishing-Verlag

Eine Kooperation zwischen der Verlagsgruppe **Random House** und

BoD – Books on Demand

© 2022 Pit Ferman

Herausgeber und Verlag
BoD – Books on Demand, Norderstedt

ISBN 9783740787431

Teil I

Schabrack

Der Plattensee in Ungarn ist der flächenmäßig größte Binnensee Mitteleuropas. Bei einer durchschnittlichen Wassertiefe von nur etwas mehr als drei Meter und im Sommer mit garantiert warmen Wassertemperaturen ist er neben der Hauptstadt Budapest das beliebteste Urlaubsgebiet Ungarns.

Zu Zeiten des Eisernen Vorhangs, der die geopolitischen Systeme in Ost und West trennte, war der Plattensee, auch Balaton genannt, eines der bevorzugtesten Reiseziele für DDR-Touristen. Was die DDR-Oberen zwar wussten, aber nicht gerne sahen, war, dass sich am Plattensee viele Ost-Familien und Angehörige mit Familien und Verwandten, die sich, unter welchen Umständen auch immer, in den Westen abgesetzt hatten, unter Umgehung der DDR-staatlichen Restriktionen zu treffen pflegten. Denn innerhalb des sogenannten Ostblocks Urlaub zu machen, war den DDR-Bürgern nicht verboten. Ebenso war es für Westdeutsche ungleich einfacher nach Ungarn zu reisen, als unter diversen schikanösen Auflagen in die DDR.

In der zweiten Hälfte des Jahres 1989 änderte sich jedoch alles.

„Hast du das gehört, was die Leute sagen? Sie sagen, die Grenze nach Österreich sei offen." Manu nahm die Eiswaffel, die sie am Kiosk gekauft hatte, und warf sie ihrer Freundin gezielt auf den Bauch.

„Igitt", kreischte Gerda und schreckte hoch. Die dunkelhaarige Freundin, die auf der Decke neben dem Iglu-Zelt lag und sich sonnte, richtete sich abrupt auf. „Wer hat dir denn diesen Schwachsinn erzählt?"

„Vorne am Kiosk reden sie davon. Sind alle total aus dem Häuschen. Einige brechen ihre Zelte ab." Manu war sehr aufgeregt und setzte sich mit erhitztem Kopf im Schneidersitz neben sie.

Gerda schob die Sonnenbrille auf die Stirn. „Ich halte diese Geschichten alle für erstunken und erlogen. Genauso wie den angeblichen *Paneuropäischen Picknicktag* von vor drei Wochen auf dem Grenzstreifen der ungarisch/österreichischen Grenze, wo mehrere hundert Menschen Republikflucht begangen haben sollen. Das ist alles vom Klassenfeind gesteuert. Oder glaubst du im Ernst, unsere Bonzen würden so etwas zulassen? Eine Massenflucht aus dem real existierenden Sozialismus unserer DDR? Wenn dieser *Picknicktag* tatsächlich stattgefunden hätte, dann würden uns die Grenzschützer die Ausreise nach Ungarn nie erlaubt haben. Die hätten die Grenzen dichtgemacht, verstehst du?

Pah, von wegen die Grenzen sind offen. So ein Unsinn."

„Aber im Kiosk zeigen sie die Bilder im Fernsehen. Leute aus der DDR, die einfach über die Grenze marschieren als sei es ein Spaziergang. In den Westen." Manus Augen schienen zu glühen.

„Wenn du in Polen leben würdest, wäre die DDR der Westen", konterte Gerda kalt.

Manu kaute nervös an den Fingernägeln. Gerda registrierte das und sagte: „Weißt du was ich denke? Dass diese Bilder gestellt sind. Nichts einfacher als das. Du nimmst auf irgendeiner Kuhweide einen Zaun, ein paar Schauspieler und Statisten, schneidest den Zaun durch, die Statisten trampeln darüber hinweg, und die Schauspieler werden auf der anderen Seite von ein paar Reportern empfangen, die natürlich ebenfalls Schauspieler sind. Und die einen Schauspieler jubeln und lachen und tanzen und begrüßen vor den laufenden Kameras die Freiheit. So wird das gemacht, meine Liebe. Kostet wahrscheinlich keine tausend Mark. Aber die Wirkung ist enorm. Man will mit solchen Nachrichten die Staatstreue der DDR-Bürger unterwandern. Und jetzt verschone mich bitte mit deinen Märchen."

„Aber …"

„Manu, bitte!"

Ein Campingplatz am flachen Südufer des Plattensees in Ungarn. Das erschwingliche Feriendomizil im erlaubten Ausland für die Arbeiterklasse der DDR.

Gerdas Vater hatte ihnen den Trabi zur Verfügung gestellt. Iglu-Zelt, Schlafsäcke, Gaskocher, Campingtisch und -stühle. Dafür brauchte man kein Reisebüro. Man sorgte dafür, dass genug Benzin im Tank war, und dann ab durch die Tschechoslowakei nach Ungarn.

Die beiden Frauen verband neben ihrer Freundschaft und dem gleichen Alter, nämlich vierundzwanzig, dass sie gebürtige Cottbusserinnen und ausgebildete Erzieherinnen waren. Doch während Manu in Cottbus in relativ ruhiger Umgebung den staatlichen Bildungsauftrag versehen konnte, stand Gerda bei der gleichen Tätigkeit für den Nachwuchs der gewählten Parteigenossen im engeren Dunstkreis der Volkskammer in Ost-Berlin unter immerwährend er Beobachtung.

Auf Linientreue geprüft und getrimmt waren sie beide. Sonst hätte man ihnen diese basisrelevanten Arbeitsstellen nicht anvertraut. Was bei Manu in Cottbus jedoch nur an der Oberfläche glänzte, hatte sich bei Gerda in Ost-Berlin zur verinnerlichten Überzeugung verfestigt. So war es nicht verwunderlich, dass Gerda solchen Gerüchten zum Trotz größtes Misstrauen entgegenbrachte.

Manu erhob sich aus der Sitzposition und schaute über den See. „Ich geh´ schwimmen", sagte sie. „Kommst du mit?"

„Ja, machst du die Luftmatratze fertig?"

Beim Abendessen stocherte Manu geistesabwesend auf dem Teller herum. Ravioli made in Brandenburg.

„Schmeckt es dir nicht, oder was ist los mit dir?"

Manu legte die Gabel weg. „Was ist, wenn wir beide rübermachen? Abhauen?" *Jetzt ist es raus*, dachte sie atemlos.

„Du spinnst ja total", antwortete Gerda, blieb aber äußerlich ruhig. „Selbst wenn ich wollte – was natürlich nicht der Fall ist – ich könnte gar nicht. Ich könnte das Papa und Mutti niemals antun. Dass Mutti krank ist, weißt du ja. Außerdem sind all meine Freunde in Berlin. Nee, Manu, das ist nichts für mich. Und ich verstehe dich nicht und ich will dich auch nicht verstehen. Zeig´ mir ein besseres System als das unsrige. Uns allen geht es gut. Der Staat sorgt für uns. Siehst du das denn nicht?"

Manu nahm die Gabel wieder in die Hand und schob die Ravioli von einer Tellerseite auf die andere.

„Italien, Riviera. Frankreich, Côte d´ Azur. Spanien, Costa del Sol. Amerika, Florida, Kalifornien, San Francisco. Interessiert dich das denn nicht?"

"Wenn du Sehnsucht nach der Riviera oder der Côte d´Azur verspürst, kannst du genauso ans Schwarze Meer fahren. Rumänien, Bulgarien oder auf die Krim."

„Aha, und wen treff´ ich dort, hm?", fragte Manu schnippisch. „Die Partei-Bonzen und DDR-Rentner, die sich das leisten können. Da kann ich ebenso gut daheim bleiben."

Obwohl sie sich zu zweit eine Flasche Rotwein teilten, verlief der Abend im Zelt nicht harmonisch und ungewohnt einsilbig. Dennoch schlief Gerda ruhigen Gewissens bald ein. Manu hingegen taumelte wie im Fieber zwischen Kälte- und Hitzewallungen hin und her. Unterlag sie einerseits als kühne Traumtänzerin den Verlockungen einer unsterblichen Sehnsucht, erhob sich andererseits sogleich der warnende Finger der Vernunft und damit einhergehend die heiße Schuld des Verrats.

Am Tag darauf sprachen sie kaum miteinander. Gerda gefiel sich in der Rolle der Überlegenen, aber auch Beleidigten, und Manu hing überwiegend im Kioskbereich herum, wo sie mit Gleichgesinnten die zunehmend sensationeller werdenden Nachrichten über die Grenzöffnung wie die Atemluft in sich aufsog.

Mit der obligatorisch gewordenen Flasche Rotwein als Schlaftrunk beendeten Gerda und Manu den zur Farce gewordenen Abend. Dessen ungeachtet schlief Gerda im Schutz ihrer unerschütterlichen Überzeugung selig wie ein Kind ein. Manu dagegen blieb hellwach.

Als Gerda am nächsten Morgen aufwachte und nach Manu tastete, war diese nicht da. Rasch stellte sie fest, dass Manu nicht nur nicht da war, sondern samt ihrer Kleider und des Rucksacks weg. Und mit ihr die Urlaubskasse.

Hat sie etwa rübergemacht?

Mai 2015

Welcher der Schnarchnasen vom Stammtisch ihm den Namen *Schabrack* gegeben hatte, wusste er nicht mehr. Und wann es gewesen war, lag schon Jahre zurück, sodass er sich nur vage daran erinnern konnte, und vielleicht war derjenige, der ihn als Erster so geheißen hatte, schon lange tot. Er achtete nicht auf die Typen, die dort jahraus jahrein und Tag für Tag hockten und ihren Lohn oder die Rente versoffen. Die Stammtischler bildeten einen eigenen Kosmos, und Personalwechsel fand nur selten statt, meistens bedingt durch den Tod eines der Eingeschworenen. Säuferleber, wie die respekteinflößende Diagnose in der Regel lautete.

Es ging das Gerücht, dass eine geheime Warteliste auf jeden frei werdenden Stammtischplatz existierte. Manch einer der Stammtischbrüder hielt es deswegen für ein starkes Motiv, das Freiwerden eines Platzes durch unlauteres Einwirken von außerhalb des Zirkels zu beschleunigen. Das Misstrauen gegenüber fremden Gesichtern war groß, und so beäugte man jeden Neuankömmling in der Kneipe als potenziellen Bewerber und Nachfolger. Was wiederum voraussetzte, dass einer aus der illustren Runde dafür ins Gras beißen würde. Man belauerte sich gegenseitig zwar unauffällig, aber argwöhnisch. Die Allerweltsfrage *Wie geht's?* machte vor diesem Hintergrund tatsächlich Sinn, denn es war die einfachste Art und Weise zu erfahren, wen es als Nächsten treffen könnte.

Schabracks Name stand auf keiner Liste. Er hatte das nicht nötig, denn ihm gehörte seiner Ansicht nach der beste Platz an der Theke. Saß er ordentlich auf dem Barhocker, also beide Hände fest mit dem Trinkglas auf dem Tresen verschraubt, kehrte er dem Stammtisch die Breitseite seines Rückens zu. Eine sehr bewusst gewählte Haltung, mit der er seine Missachtung ausdrückte, die ihn dennoch nicht davor zu schützen vermochte, Zielscheibe verbaler Anzüglichkeiten zu sein. Aber es war schon immer so gewesen: Feiglinge und Idioten griffen bevorzugt von hinten an.

Sein richtiger Name war Jacques Brasseur. Jawohl, Jacques Brasseur; der Name klang französisch, und das allein war schon Grund genug, ihn gewissermaßen unter Generalverdacht zu stellen. Doch bereits bei diesem ersten Zugriff auf seine Person unterlagen die Stänkerer einem fatalen Irrtum, indem sie dachten, wessen Name französisch klang, der auch Franzose sein musste.

Jacques beließ sie in dem Glauben. Er hielt es für müßig, den Dumpfbacken die wahre Herkunft seines Namens, und somit gleichzeitig seine und die Geschichte seiner Familie zu erklären.

Für heute hatte er genug und schob dem Wirt den Bierdeckel zum Abkassieren über den Tresen zu. Zwei Striche, zwei Pils, sechs Euro. Die Zeiten, als ein Bier noch für achtzig Pfennig zu haben gewesen war, waren längst vorbei. *The times they are a changing.*

Er rutschte vom Hocker, setzte die rote Baseball-kappe auf das graue Haar und wandte sich dem Ausgang zu.

„Na, Schabrack? Gehst heim in dei Barack'?", tönte es vom Stammtisch her.

Aha, es befindet sich also ein Lyriker unter den Honoratioren, dachte er und ließ das Gelächter hinter sich, indem er die Kneipentür von außen schloss.

So ganz unrecht hatte der rufende Spötter vom Stammtisch jedoch nicht, denn seine Behausung war mit der Definition des Rechtschreibe-*Duden* ziemlich gut beschrieben: Baracke, die; -n <franz.> (leichtes, meist eingeschossiges Behelfshaus). Aber auch darüber war Jacques erhaben. *Was dem einen seine Freud', ist dem anderen sein Neid*, dachte er in Abwandlung einer Redewendung gelassen und lenkte die Schritte der Straße zu, an deren Ende er wohnte.

Früher war es das Vereinsheim des örtlichen Hundesportvereins gewesen. Damals noch ein gutes Stück vom Ortsrand entfernt, war in späteren Jahren Baugrund entlang der Straße und beidseitig des Bächleins erschlossen, und der Abstand zwischen Hundezwingern und Wohngebäuden stetig geringer geworden. So war es nur eine Frage der Zeit gewesen, bis sich die Anwohner über das ständige Gebell beschwerten. Mit Erfolg, denn die Gemeinde, bemüht, die solventen Neubürger nicht zu verprellen, vermittelte dem Verein ein neues Gelände außerhalb der bebauten Zonen.

Es war nicht weniger als ein Tauschgeschäft gewesen, an dem Jacques nicht unmaßgeblich beteiligt war. Denn das neue Gelände für den Hundesportverein hatte seiner Familie gehört und war nach dem Tod der Mutter in seinen Besitz übergegangen. Da er für das brachliegende flache Stück Land keine Nutzungsmöglichkeit gesehen hatte, war ihm das Tauschangebot mit dem Vereinsheim gerade recht gekommen. Und nachdem er der Miete für die Altbauwohnung, in der er bisher gehaust hatte, überdrüssig geworden war, hatte er die Baracke für seine Bedürfnisse hergerichtet und sie zu seinem jetzigen Domizil gemacht.

Er schritt an all den neuen tollen Häusern vorbei, einem bunten Gemisch der von Architekten verwirklichten Wunschträume ihrer Besitzer. Manch eine der Doppelgaragen nahm mehr Raum ein als seine Baracke, und mittlerweile betrachteten die Bewohner sein simples Heim als Schandfleck für die Straße. So gab es alsbald Bestrebungen, die darauf abzielten, die hässliche Baracke aus dem Straßenbild zu tilgen, und man stellte sich bereits die frei werdenden wunderbaren Bauplätze vor.

Die Straße, das Bächlein zur linken Hand, stieg leicht an. Die Grundstücke, die auf der anderen Seite des Baches direkt an das Ufer grenzten, waren begehrter gewesen als jene rechts der Straße. Der Zugang zu frischem kühlen Wasser vom eigenen Garten aus war für manchen Bauherren entscheidend gewesen. Der Nachteil war, dass es auf der jenseitigen Talseite einer neuen Straße bedurft hatte, um die Häuser verkehrstechnisch von der dem Bach abgewandten Seite mit den Autos überhaupt zu erreichen. Da sie parallel zur bestehenden alten Straße verlief, lag der

Gedanke nicht fern, die beiden Straßen vor Jacques´ Hütte mittels einer einfachen Schleife oder Querung zu verbinden. Jedoch war die Verwirklichung bisher aus unerfindlichen Gründen in den Gemeinderatssitzungen gescheitert. So blieb es vorerst bei zwei Sackgassen: Wäschbachstraße die ältere, Bierkellerstraße die jüngere Straße. Jacques´ Baracke lag am Ende der Wäschbachstraße und trug die Hausnummer zweiunddreißig. Die Häuser an der Bierkellerstraße hatten ungerade Nummern.

Das äußere Erscheinungsbild des Vereinsheims war den Leuten vom Hundesportverein stets wichtig gewesen. Komplett aus Holz errichtet, hatte man an Farbe nie gespart. Das Satteldach war gut in Schuss. An der gemauerten Treppe mit ihren zwanzig Stufen vom Wendehammer bis zum höher gelegenen Hauseingang wackelte kein einziger Stein. Sehr solide das Ganze.

Jacques schloss die Haustür auf und warf den Schlüssel in eine alte Zigarrenkiste, die einmal seinem Vater gehört hatte. Es war das einzige Erinnerungsstück an ihn, das er seinerzeit aus Kanada mitgebracht hatte.

Noch mit der Baseballkappe auf dem Kopf, goss er eine Daumenbreite Bourbon in ein Glas und setzte sich in seinen Lieblingssessel. Erst jetzt nahm er die Kappe ab und betrachtete versonnen die Farbe des Whiskeys. *Alles Gute zum Siebenundfünfzigsten, Alter*, sagte er zu sich selbst und nippte am Glas.

Er war ein hagerer Kerl um die eins achtzig, mit tiefen Linien im Gesicht. Es lohnte nicht, dem

Haupthaar eine Frisur geben zu wollen. Der eine oder andere Wirbel verhinderte hartnäckig jeden modernen Schnitt. So sah er, ob er gerade aus dem Bett stieg oder abends unter die Decke schlüpfte, stets ungekämmt aus, und verdeckte die Unordnung, sobald er das Haus verließ, mit der roten Baseballkappe. Eine Angewohnheit, die er, wie die Zigarrenkiste, aus Kanada mitgebracht hatte. Die Farbe Rot passte am besten zu seinem Gesicht, wie er meinte. Ansonsten sah man ihn außerhalb seiner Behausung in grauen Anzügen mit dünnen Nadelstreifen aus dem *Secondhandladen* im Dorf, bevorzugt eine oder zwei Nummern größer als nötig. Er besaß gleich mehrere davon. Die Qualität war gut, und er wollte nicht einsehen, weshalb er für ähnliche Ware den großen Markenkonzernen, wie immer sie auch heißen mochten, Geld in den Allerwertesten schieben sollte.

Der Innenraum der Hütte betrug stolze zehn auf sechseinhalb Meter. Fünfundsechzig Quadratmeter. Nur der Toiletten- und Badezimmerbereich war durch Wände abgetrennt.

Bei seinem Einzug waren noch eine Theke und ein Zapfhahn vorhanden gewesen, sowie eine kleine Bühne für allfällige Feierlichkeiten des Hundesportvereins. Für das eine wie das andere hatte Jacques keine Verwendung gehabt.

In viel Eigenarbeit hatte er die Wände von Nut- und Federbrettern befreit, die Flächen zwischen dem zutage tretende Balkengerüst aufwendig isoliert und mit Massivholzplatten ausgekleidet. Hatte er in den ersten Jahren noch mit Holz geheizt, stets bemüht, genügend

Brennholzvorrat zu bunkern, war er vor fünf Jahren auf die Wärmepumpentechnik mit Fußbodenheizung umgestiegen. Sündhaft teuer, die Investition, doch hatte er die Wahl nie bereut. Als studierter Geologe hatte er das thermische Potenzial des Berges, aus dem der Wäschbach entsprang und an dessen Fuß seine Hütte stand, erkannt. Die Wärmepumpe war an Effizienz einfach nicht zu überbieten. Den Holzofen entzündete er praktisch nur noch aus nostalgischen Gründen.

Im Prinzip wussten nur der Briefträger, sowie der Ortsvorsteher mit den Gemeinderäten, wie er richtig hieß. Für die anderen Stadtbewohner hatte sich im Laufe der Jahre der Spitzname Schabrack mehr oder minder als unverwechselbare Markenbezeichnung eingeprägt und verselbstständigt. *Schabrack? Ach der.*

Von den vielen Hundezwingern, die rund um das Vereinsheim errichtet worden waren, hatte er bis auf einen alle abgerissen. Wenn im Sommer die Temperaturen in die Höhe schossen, wurde es nachts in der Hütte unerträglich heiß. So hatte er für die Tropennächte im letzten verbliebenen Zwinger eine Schlafstatt eingerichtet, von drei Seiten mit luftigem Maschendraht umgeben und gegen Regen durch eine einfache Dachkonstruktion geschützt. Er hatte es so angelegt, dass er durch eine Seitentür direkt aus dem Haus in den Zwinger gelangte, und natürlich wieder hinein. Zum Schutz vor Insekten hing über dem bescheidenen Lager ein Moskitonetz. Manch einer nannte ihn wegen des Freiluftbettes den *letzten Hund vom Wäschbach.* Wäschbach hieß das Flüsschen, das durch das Tal plätscherte und im Winter niemals zufror, was den Frauen in früheren Zeiten ermöglichte, auch in der kalten Jahreshälfte die Wäsche am Bach zu waschen.

Bis zu Beginn der sechziger Jahre des vergangenen Jahrhunderts hatte eine ortsansässige Brauerei ein Stück weiter den Hang hoch ein Ausflugslokal betrieben. Vollkommen aus Holz, barg es neben den Plätzen für die Bewirtung auch eine Kegelbahn, die eifrig benutzt wurde. Zur Lagerung und Kühlung des Bieres hatte der Betreiber einen ungefähr dreißig Meter langen Stollen in den Hang graben lassen. Allerdings funktionierte das mit der Kühlung nicht wie beabsichtigt. Es wurden Unmengen von Eis verbraucht, das man in den heißen Sommermonaten gar nicht schnell genug beschaffen konnte. Man vermutete, dass es mit einer geologischen Eigenart des Berges zusammenhing, konnte dies jedoch nie restlos klären, genauso wenig wie das Mysterium des Wäschbachs, der im Winter nicht zufror. Vielleicht, meinten einige, war in der räumlichen Nähe zu Baden-Baden die Ursache zu finden, wo bekanntermaßen thermische Quellen aus dem Boden sprudelten.

Das Ausflugslokal war eines Nachts einem Feuer zum Opfer gefallen und nie wieder aufgebaut worden. Der Stollen indes existierte bis heute und war durch ein Eisentor verschlossen.

Jacques Brasseur war in *Quebec* geboren. Seine Mutter Mildred war der Liebe wegen einem kanadischen

Soldaten nach Beendigung von dessen Militärzeit in Deutschland nach Kanada gefolgt.

Der Vater, Giles Brasseur, war Einzelkind einer wohlhabenden Familie gewesen. Dass er eine Ausländerin als Kriegsbeute mit ins *Haus* gebracht hatte, war ihm nie verziehen worden. Diese Ablehnung hatte auch Mildred stets zu spüren bekommen.

Jacques verbrachte Kindheit, Schulzeit und die Zeit des Geologie-Studiums in *Quebec*. Nach dem überraschenden Tod des Vaters zog es seine Mutter nach Deutschland in ihr Elternhaus zurück. Als Alleinerbin hätte ihr das Vermögen der Brasseurs ein sorgenfreies Leben ermöglicht, doch leider verstarb auch sie nur drei Jahre später allein in ihrem Elternhaus, was Jacques zum Abbruch des Studiums bewegte und er Kanada für immer den Rücken kehrte.

Da er die deutsche Familie seiner Mutter nie kennengelernt hatte und sich keine weiteren lebenden Verwandten finden ließen, stellte er Mutters Haus der Gemeinde zur Verfügung, die es wiederum für Flüchtlingsunterkünfte herrichten ließ. Selber begnügte er sich mit einer Ein-Zimmer-Wohnung, bis es zu jenem Tauschgeschäft mit dem Hundesportverein gekommen war und er das Vereinsheim als seinen Wohnsitz auserkoren hatte.

Einmal im Jahr fuhr Jacques mit dem Nachtzug nach Hamburg, wo er jeweils vier Tage lang blieb und in diesen Tagen stets das gleiche Programm absolvierte. Erster Tag: Besuch der *Hamburger Kunsthalle*; zweiter Tag: Besuch des *Internationalen Maritimen Museums* am Kaispeicher B der Speicherstadt;

dritter Tag: Besuch des *Miniatur Wunderland* in der Speicherstadt; vierter Tag: Hafenrundfahrt mit anschließendem Verzehr von *Fish, Chips and Beer* an den Landungsbrücken beim Fischmarkt.

Er übernachtete stets im selben Hotel am Glockengießerwall, dessen Zimmerausweis gleichzeitig als Netzkarte für Hamburgs *ÖPNV* galt. Ein Service, den er weidlich auskostete und dank dessen er sich nach all den Jahren in der Stadt bestens auskannte. Gleichwohl wäre ihm nie eingefallen, sein Besuchsprogramm um die eine oder andere Sehenswürdigkeit zu erweitern.

Morgen würde es wieder so weit sein. Hamburg. Nicht, dass er dort leben wollte, wo es ihn jährlich einmal hinzog. Wenn er in Hamburg wohnen würde, wüsste er nicht, wohin er einmal im Jahr fahren könnte. Andere Städte interessierten ihn nicht.

*

Er kam vom *Internationalen Maritimen Museum*, der zweiten Station seines Pflichtprogramms. Obgleich durch und durch eine Landratte, konnte er sich dem Reiz der Dauerausstellung nicht entziehen. Auf mehreren Stockwerken zusammengetragen, fand er all das, was ihn von Kindesbeinen an faszinierte. Die Seefahrt im Allgemeinen, aber auch die Vielzahl an Schiffsmodellen. Die meiste Zeit allerdings schenkte er den Gemälden. Ob es Schiffe unter Segeln auf hoher See waren, oder Darstellungen stürmischer Ozeane – sie zogen ihn magisch in ihren Bann.

Vor Jahren hatte er auf einem Flohmarkt in Offenburg ein kleines Ölgemälde eines unbekannten Künstlers entdeckt. Gerade mal vierzig auf dreißig Zentimeter, zeigte es das tobende Meer bei Mondschein. Die Wellenspitzen durchdrungen von sanftem grünlichen Licht, die Gischt in der Sekunde des Verwehens festgehalten – er hatte nicht widerstehen können. Nicht bei dem Preis von zwanzig Euro. Wahrscheinlich hätte er auch das Zehnfache bezahlt, aber das war nicht das Kriterium. Es lag an der Ausstrahlung des Bildes. Manchmal hockte er minutenlang davor und ließ es auf sich wirken. Und so wie das echte Meer von Augenblick zu Augenblick niemals dasselbe sein konnte, sah er auch in dem kleinen Ausschnitt eines Ozeans von Mal zu Mal neue Stimmungen, je nach Tageslicht, Tagesform oder Laune. Er liebte dieses Fundstück und hütete es wie einen wertvollen Schatz.

Auf einer der Treppen zur S-Bahn-Station fiel ihm eine Frau auf, die sich augenscheinlich in großer Verzweiflung befand. Eine Weile beobachtete er sie, die auf einer der Stufen hockte und von Weinkrämpfen geschüttelt wurde. An ihrer Seite stand ein Koffer und zu ihren Füßen zwei prall gefüllte Leinenbeutel. Sie trug Blue Jeans und eine braune weiche Stoffjacke. Den Kopf gebeugt, verdeckte langes braunes Haar ihr Gesicht.

Jacques trat näher an die Frau heran. Wo ihr Haar gescheitelt war, bildete sich ein zentimeterbreiter Streifen nachwachsender weißer Haare heraus. Als sein Schatten auf die Frau fiel, schaute sie auf.

„Was willst du? Noch nie eine heulende Frau gesehen?", traf ihn ihre Frage wie eine Ohrfeige.

„Entschuldigung", sagte er, „ich dachte, vielleicht brauchen Sie Hilfe?"

„Pah", platzte es aus ihr heraus. „Hilfe? Jetzt, wo alles zu spät ist?" Sie schnaubte zynisch.

Jacques schluckte betroffen. „Naja, ich will mich ja nicht aufdrängen, aber ich habe vor, dort drüben im Café einen Happen zu essen. Wenn Sie mir Gesellschaft leisten wollen, hätte ich nichts dagegen."

Die Frau musterte ihn von Kopf bis Fuß. Und so wie sie ihn einzuschätzen schien, betrachtete er auch sie. Sie musste Ende der Vierzig, Anfang der Fünfzig sein. Er bezeichnete ihr Gesicht als sehr anziehend, wenn auch verhärmt. Unter der weiten Jacke mutmaßte er einen schlanken Körper, was sich bestätigte, als sie sich mühsam erhob, ihre Taschen und den Koffer ergriff und an ihm vorbei auf die Straße ging.

„Danke für das Angebot", keuchte sie, „aber so tief bin ich noch nicht gesunken, als dass ich Almosen annehmen müsste."

Jacques hob den Arm und holte Luft, um ihr hinterherzurufen, aber dann ließ er den Arm wieder sinken und blieb stumm.

Zwei Tage später, am vierten Tag seines Aufenthalts, entdeckte er sie wieder. Es war gegen die Mittagszeit, und er schickte sich an, eines der Hafenrundfahrt-Boote zu buchen. Sie saß mit ihrem Gepäck auf den breiten Stufen der Treppe, über die man von den

Landungsbrücken beim Fischmarkt zur Straße hinaufgelangte.

Über den kurzen Gedankenweg kaufte er kurzerhand zwei Tickets für die Hafenrundfahrt und steuerte dann schnurstracks auf sie zu.

„Hallo", rief er fröhlich und streckte ihr eines der Tickets entgegen, „heute ist Ihr Glückstag. Sie haben eine Hafenrundfahrt gewonnen."

Sie hob die Augen, und ein helles Aufflammen des Wiedererkennens streifte ihr Gesicht. „Ach, Sie schon wieder. Verfolgen Sie mich etwa? Lassen Sie mich in Ruhe."

Jacques setzte sich umständlich neben sie. „Jetzt kommen Sie schon. Heute ist mein letzter Tag in Hamburg. Machen Sie mir die Freude und leisten Sie mir Gesellschaft. Bitte."

Zum ersten Mal kollidierten die Blickachsen ihrer Augenpaare. Ihre grün, seine blau. „Was soll das?", fragte sie, doch eher amüsiert als empört. „Wollen Sie mich anmachen?"

Jacques grinste: „Vielleicht. Also was ist? Kommen Sie? Das Boot fährt gleich ab."

Wie selbstverständlich trug er ihren Koffer von erstaunlichem Gewicht voraus, während sie ihm mit den beiden Taschen folgte. Er hörte, wie sie hinter ihm murmelte: *„Was tu' ich hier eigentlich?"*, und lächelte still in sich hinein.

Sie nahmen die hintersten Plätze an Bord der Barkasse. Er stellte den Koffer zwischen die Knie, sie nutzte die prallen Leinentaschen als Abstandshalter zu ihm.

„Haben Sie schon einmal eine Hafenrundfahrt gemacht", fragte er, um so etwas wie ein Gespräch zu beginnen.

„Ich bin in Hamburg aufgewachsen", antwortete sie mit nordischer Kühlheit.

„Ach so, ja dann ... dann ist das für Sie ja nichts Neues."

„Nee, wirklich nicht", gab sie zurück.

Noch lag die Barkasse am Steg und war erst zur Hälfte besetzt. Der Lockvogel draußen an der Landungsbrücke versuchte noch mehr Fahrgäste zu ködern. Die Abfahrt würde sich verzögern.

Jacques nahm einen neuen Anlauf. „Was ist passiert?", fragte er mitfühlend.

Zuerst sackten ihre Schultern nach unten. Dann jedoch straffte sie sich, stand auf, nahm ihre Taschen in die eine, und streckte die andere Hand nach dem Koffer aus. „Ich wüsste nicht, was Sie das angeht. Was ich jetzt am allerwenigsten gebrauchen kann, ist so ein geheucheltes Mitleidsgedöns."

Er wusste nicht wie, aber plötzlich hatte er ihre ausgestreckte Hand in der seinigen. „Halt, laufen Sie bitte nicht weg. Weglaufen bringt nichts. Reden Sie mit mir. Ich höre Ihnen zu und bewerte nichts. Bitte, setzen Sie sich wieder."

In ihrem Gesicht arbeitete es. Sie kaute auf der Unterlippe und guckte über den Steg. Der Lockvogel hatte Erfolg gehabt, denn neue Fahrgäste betraten das Boot. Dann sank sie matt auf die Sitzbank zurück, als hätte man ihr den Energiestecker gezogen. Mit schräg gelegtem Kopf schaute sie ihn an. „Wer sind Sie?"

Er probierte ein Lächeln. „Jacques. Mein Name ist Jacques." Er wartete auf eine Reaktion. Als keine kam, fragte er direkt: „Und Sie? Wie heißen Sie?"

„Charlotta", antwortete sie nach einigen tiefen Atemzügen. „Die meisten nennen mich Lotta."

„Darf ich zu den **meisten** gehören?", fragte er.

Während der Rundfahrt hatten sie kaum miteinander gesprochen. Der Lautsprecher an Bord, der die Touristen ununterbrochen auf die Sehenswürdigkeiten hinwies, quäkte in einer Lautstärke, dass eine normale Verständigung unmöglich war. Erst als sie wieder am Ausgangspunkt angekommen waren und die Barkasse sich leerte, sagte Jacques: „Zu meinen Gewohnheiten nach der Hafenrundfahrt zählt eigentlich immer ein Besuch in der Fischbraterei. *Fish, Chips and Beer*. Ist gleich um die Ecke. Darf ich dich einladen?"

„Ich weiß, wo das ist", antwortete Lotta. „Du hast heute wohl die Spendierhosen an, was?"

Er winkte ab und studierte seine Schuhspitzen. „Es geht nicht ums Geld. Ich bin nur nicht gern allein, wenn ich das so sagen darf."

„Und warum ich? Du siehst doch, wie es um mich bestellt ist. Denkst du vielleicht, so eine alte Schabracke wie ich ist billig zu haben?"

Sein Blick ging plötzlich durch sie hindurch, als sei sie aus Glas, und betrachtete irgendeine Erinnerung in weiter Ferne. Seine Stimme klang belegt, als er antwortete: „Ich mach´ dir einen Vorschlag. Lass´ uns essen gehen, dann erzähle ich dir **meine** Geschichte. Und danach, wenn du willst, höre ich dir zu. Okay?"

„*Fish, Chips and Beer?* Darf es auch alkoholfreies sein?"

Jetzt lächelte er. „Alles was du willst."

Im Gastraum der Braterei roch es intensiv nach Fett und Fisch. Jacques hielt das für nichts anderes als authentisch.

Sie hatten einen Fensterplatz ergattert. Die Nachmittagssonne schien auf ihren Tisch und heizte die dunstgeschwängerte Luft zusätzlich auf. Beide hatten ihre Jacken über die Stuhllehnen gehängt. Bei Lotta kam eine bestickte Tunika in verwaschenem Altrosa zum Vorschein.

„Und du wohnst dort also ganz auf dich allein gestellt?", fragte sie am Ende seiner Schilderung und fixierte ihn mit den Augen. „Wie heißt das Kaff nochmal? Tal … wie?"

„Talhalden. In der Nähe von Durlangen", präzisierte er.

„Talhalden. Durlangen. Hab´ noch nie davon gehört. Nun gut. Kein weibliches oder männliches Wesen, mit dem du dein Leben teilst?"

Er zuckte mit den Schultern und versuchte ein unschuldiges Lächeln, das aber mehr nach Hilflosigkeit aussah. „Irgendwie hat es sich nicht ergeben", antwortete er kleinlaut.

„Und darum wirfst du in Hamburg deine Angel aus?", fragte sie gleichermaßen misstrauisch wie keck. „Entschuldige, wenn ich das frage, aber du siehst doch ganz passabel aus, meine ich. Du stinkst nicht, bist gepflegt, trägst einen Anzug – was will man mehr verlangen?"

Er griente breit. „Das Gleiche kann ich doch auch von dir sagen. Du siehst gut aus, bist jung und schlank, gepflegt …"

„ … und ungeschminkt!", warf sie dazwischen.

„ … und ungeschminkt, was mir gar nicht aufgefallen wäre – warum also schleppst du Koffer und Taschen durch die Stadt? Lebst du auf der Straße, oder was ist geschehen, dass es so ist wie es ist?"

Lotta senkte die Augenlider und auf ihren Wangen erschienen rötliche Flecken. Ihre Stimme zitterte, als sie zu reden begann: „Vorgestern, an dem Tag, als du mich auf der S-Bahn-Treppe … du weißt schon. Ich hab´ an dem Tag alles verloren. Meinen Besitz, die Wohnung, meinen Laden, mein ganzes Leben. Natürlich war nicht alles am letzten Tag passiert. Aber vorgestern war der Schlussstrich gezogen worden."

„Wie …?"

„In Kurzform: Ehemann; eigene Werkstatt; Aufträge versemmelt; Auftragseinbruch; Starrköpfigkeit; hohes Risiko eingegangen; Kredite; Alkohol; Unzuverlässigkeit; noch weniger Aufträge; noch mehr Alkohol; Hypothek auf die Wohnung; Tod des Mannes; Schulden; Gerichtsvollzieher. Die klassische Karriere einer Obdachlosen."

„Aber …?"

„Nein", erriet sie seine Frage. „Keine Kinder, keine Verwandten, keine Freunde mehr. Und jetzt kommst du, und ich hab´ keine Ahnung, was du von mir willst." Sie starrte ihn provozierend an.

Jacques verstummte. Das war die Gretchenfrage. Welcher Teufel ihn vor zwei Tagen geritten hatte, als er Lotta wider seinen sonstigen Gewohnheiten auf der S-Bahn-Treppe angesprochen hatte, konnte er nicht sagen. Normalerweise sprach er von sich aus, ob zu Hause oder wie jetzt in Hamburg, keine Leute an, und Frauen schon gleich gar nicht. Weder auf der Straße noch in den Museen. Aber irgendetwas an ihr musste ihn berührt haben, dass er seine übliche Zurückhaltung Menschen gegenüber aufgegeben hatte.

Er spürte ihre Blicke wie Nägel im Gesicht. Auf seiner Zunge drängten sich noch jede Menge Fragen, doch er wusste, dass sie sein Interesse für Sensationsgier halten würde.

„Was?", bohrte sie nach.

„Tut mir leid", erwiderte er endlich. „Ich wollte dich in keiner Weise verletzen."

„Du wolltest nur den barmherzigen Samariter spielen."

„Ja, warum nicht? Ich hab´ gesehen, dass du verzweifelt warst. Was ist schlimm daran, seine Hilfe anzubieten, wenn man helfen kann? Und als ich dich heute zufällig wiedergetroffen habe – ich hielt es für einen Wink des Schicksals – oder Fügung, wenn du so willst – außerdem gefällst du mir irgendwie …" Jacques merkte, dass das Eis unter seinen Füßen von Wort zu Wort dünner wurde. Er ließ seine Hände sprechen, die er wie zu einem Gebet an die Lippen legte. „Tja", brachte er noch heraus und wartete, nervös wie ein Schüler vor der Ausgabe des Versetzungszeugnisses, auf ihre Reaktion.

Es war das minimale Lächeln, das über ihre Lippen huschte und ihn hoffen ließ, an einer Kopfwäsche vorbeizukommen. Ihre Augen allerdings sandten Blitze aus. „Weißt du", antwortete sie mit der Herzlichkeit einer kalten Dusche, „ich hab' von euch Kerlen dermaßen die Schnauze voll, dass …"

„Aber ich bin kein solcher Kerl!", unterbrach er sie so vehement, dass die anderen Gäste im Lokal die Köpfe nach ihnen drehten. „Ich bin Jacques. Jacques Brasseur. Ich hab' ein Herz und Gefühle und sonst keinerlei Absichten, als dich, mit deiner Erlaubnis, kennenlernen zu wollen."

Lotta erhob sich vom Stuhl, zog ihre Jacke an und sammelte Taschen und Koffer ein. „Komm'", sagte sie. „Gehen wir raus an die frische Luft, bevor ich selber zum Backfisch werde. Der Mief hier drinnen ist ja nicht auszuhalten."

Sie saßen Seite an Seite auf einer Bank mit Ausblick auf die nahe gelegene, noch in Fertigstellung begriffene Elbphilharmonie, in deren Fassade sich die tief stehende Sonne spiegelte.

„Wann fährt dein Zug? Du reist doch heute noch ab, oder?"

Jacques nickte. „Ja. Einundzwanzig Uhr fünfundvierzig", sagte er. „Wie immer."

Lotta verschränkte die Arme unter ihrer Brust, enthielt sich aber eines Kommentars.

„Es ist das erste Mal, dass ich mich nicht darauf freue", fuhr Jacques fort. „Ich fahre zurück in meine Hütte, in ein gesichertes Leben, und du bleibst hier in der Ungewissheit."

Sie zuckte kaum spürbar zusammen, und ohne sie anzuschauen wusste er, dass ihr Mund einen bitteren Zug angenommen hatte. „Hab´ ich eine andere Perspektive?", fragte sie spöttisch mit bebendem Atem.

Der Gedanke, der Jacques durch den Kopf schoss, war so absurd, dass er sich verschluckte und einen Hustenanfall bekam.

„Was ist?", fragte sie. „War in deinem Fisch eine Gräte?"

Nach Luft ringend winkte er ab. „Das ist es nicht, entschuldige", keuchte er. „Ich dachte nur gerade an eine Perspektive."

Es dauerte ein paar Sekunden, bis seine Worte die Weiche in ihrem Gehirn passiert hatten, die nach den Kriterien Müll oder Interesse aussortierte. „Lass hören", erwiderte sie schließlich bewusst gleichgültig.

Jacques räusperte sich in die Faust. „Tja, äääh, komm´ doch einfach mit", sagte er wie beiläufig. „Im Nachtzug ist praktisch immer ein Platz frei."

„Idiot", zischte sie und stand auf. Sie sammelte flugs ihr Gepäck ein, bedankte sich für die Einladung zum Essen und ließ ihn kurzerhand auf der Bank sitzen.

Wahrscheinlich hast du recht, Charlotta, dachte Jacques und sah ihr hinterher, bis sie hinter der nächsten Hausecke verschwunden war.

Wie immer war Jacques viel zu früh am Bahnhof und wartete an einer der Verköstigungstheken im Hochparterre auf den Nachtzug. Er hatte bereits ein Bier getrunken und ließ sich nun einen Whiskey einschenken. Er schlief damit besser ein, glaubte er.

Als der Zug einfuhr, stieg er mit seiner Reisetasche müde die Treppe zum Bahnsteig hinunter und steuerte unmittelbar den Schlafwagen an, in dem er ein Single-Abteil gebucht hatte. Nicht die Luxus-Variante, aber eben doch ein Einzelbett. Technisch gesehen handelte es sich zwar um ein Doppelabteil, bei dem das zweite Bett jedoch in die Wand geklappt blieb.

Er ärgerte sich über sich selbst. Ein paar Minuten hockte er mit hängendem Kopf vornübergebeugt auf dem Bett und versuchte zu eruieren, wie es hatte dazu kommen können, dass er sich zu solch einer Peinlichkeit hatte hinreißen lassen. *Komm´ doch einfach mit.* Obwohl vollkommen allein im Abteil, schämte er sich bis zur Kopfröte.

Als der Zug anfuhr, spürte er den Ruck bis ins Herz. Er ging aus dem Abteil auf den Flur hinaus und schaute trübselig aus dem Fenster, wobei er der irritierenden Illusion aufsaß, dass der Zug stehen und der Bahnhof sich bewegen würde.

Er sah sie gewissermaßen im letzten Augenblick. Charlotta mit ihrem Koffer und den zwei Taschen, wie sie verloren am Bahnsteig stand und der zunehmend Fahrt aufnehmende Zug an ihr vorbeifuhr.

Ein flinker Blick, ein rascher Entschluss. Jacques zog die Notbremse, koste es was es wolle, und der Zug kam dermaßen abrupt zum Stehen, dass der eine und andere Passagier unsanft mit dem Wagenboden Bekanntschaft machte.

Aber das war Jacques für den Moment egal. Er stürmte zur Wagentür, riss sie auf, sprang hinaus und rannte winkend und rufend zu Charlotta hin. „Lotta", rief er, „was machst du hier? Willst du etwa doch mitkommen?" Er nahm ihr den Koffer aus der Hand und führte sie am Arm zu seinem Waggon zurück.

„Das mit der Perspektive", schnaufte sie atemlos.

„Ja, was ist mir ihr?", fragte er.

„Ich hab´ es mir überlegt. Anschauen kostet ja nichts, oder?"

Jacques hatte eine saftige Buße zu bezahlen. Das unnötige Auslösen der Notbremse war nicht billig. Gefährdung des Eisenbahnbetriebs. Aber er hatte auch Glück. Der Schlafwagenschaffner richtete für Lotta das zweite Bett in Jacques Abteil her und stellte auch gleich den Fahrschein aus. Außerdem hatte es bei den anderen Passagieren keine schwerwiegenden Blessuren gegeben, sodass er um eine Anzeige wegen Körperverletzung herumkam.

Ein Standard-Single-Schlafwagenabteil ist beileibe kein Tanzsaal. Mit ausgeklapptem unterem Bett erreicht man mühelos mit ausgestreckten Armen die sich gegenüberliegenden Wände. Ist es zu einem Doppelabteil umgebaut, das zweite Bett über dem unteren, fällt auch dieser Bewegungsraum weg.

Lotta und Jacques standen bei geschlossener Abteiltür steif und befangen nebeneinander. Jeder atmete flach und angespannt, bis Lotta das Eis brach.

„Unverhofft kommt oft", sagte sie und ließ sich mit dem Hintern auf das untere Bett fallen.

„Wie meinst du das?", fragte er.

Sie lachte. „Wenn mir heute Nachmittag jemand gesagt hätte, dass ich die kommende Nacht mit einem Mann schlafe, hätte ich ihn für verrückt erklärt."

Jacques wurde rot, und Lotta bemerkte es. „Äääh, nicht **mit**, sondern **bei** einem Mann. Ist doch ein Unterschied, oder nicht?"

„Allerdings", erwiderte er, „und ich hoffe, dass du Wort hältst."

Wieder lachte sie, doch nicht mehr ganz so echt wie beim ersten Mal. Sie überlegte schalkhaft, ob sie ihn ein bisschen reizen sollte. Durch eine kleine Verführung oder so. Aber dann sah sie, wie aufgeregt er war und dass dieser Mann an einer schnellen heißen Nummer nicht interessiert war. Wie sie selbst im Übrigen genauso nicht, und deswegen verscheuchte sie diese Gedanken schleunigst. Dass sie ein solches Szenario aber überhaupt in Erwägung gezogen hatte, überraschte sie selbst am meisten.

Der Nachtzug hatte mittlerweile die Fahrt aufgenommen und brauste durch die Nacht.

Jacques, der auf seinen Hamburg-Reisen normalerweise das untere Bett benutze, hatte sich aus Rücksicht auf Lotta für das obere Bett entschieden. Er wollte ihr die ungewohnte Kletterei ersparen. Dadurch, dass nun gegen alle Erwartungen sich eine Frau mit ihm im Abteil befand, und zweifelsohne war Lotta das Prachtbild einer solchen, versagte die Wirkung des Schlummertrunks. Wahrscheinlich hätte auch die doppelte Menge an Bier oder Whiskey kein besseres Ergebnis erzielt. Er lag also wach in seinem Bett und zählte die Stöße, wenn die Räder des Zuges über eine Weiche donnerten.

„Bist du noch wach, Jacques?", flüsterte es von unten.

„Hm", brummte er.

„Ich kann nicht schlafen. Ich bin so aufgewühlt."

„Ja, geht mir auch so", flüsterte er zurück.

„Und was machen wir jetzt?"

„Du könntest mir die Langversion deiner Geschichte erzählen", schlug er vor. „Du weißt schon."

Lotta nahm sich für die Antwort Zeit. Dann flüsterte sie noch leiser als zuvor: „Gut. Aber dann musst du zu mir herunterkommen. Es ist bei den Fahrgeräuschen des Zuges anstrengend, ständig deutlich und laut zu flüstern. Setz´ dich zu mir aufs Bett."

Jacques stieg also eine Etage nach unten und hockte sich neben sie auf die Bettkante. „Okay so?"

„Ja, okay", antwortete sie. Und dann erzählte sie ihm ihre Lebensgeschichte.

Jacques nahm sonst nie ein Taxi, wenn er aus Hamburg zurückkam. Er bevorzugte es, den Regio-Express bis Durlangen zu nehmen und von dort den Bus nach Talhalden. Nicht, dass er ein Hungerleider gewesen wäre; wer im Nachtzug ein Single-Abteil buchte, das ein Erste-Klasse-Ticket erforderte, der sollte sich um ein paar Kröten mehr oder weniger nicht scheren. Aber er war nun mal ein Befürworter des *ÖPNV* und richtete sich in der Regel entsprechend ein. Er fand es scheinheilig, Wasser zu predigen und Wein zu saufen.

Heute jedoch, da er nicht alleine war, leistete er sich ein Taxi.

Als sie vor seiner Adresse ausstiegen und Lotta mit einem Rundumblick Jacques' Heim mit den anderen Bungalows und Villen an der Straße verglich, meinte sie: „Eins muss man dir lassen. Übertrieben hast du jedenfalls nicht. Es ist, von außen betrachtet, in der Tat eine Hütte."

„Ja, nicht wahr? Aber sie ist wind- und wasserdicht und außerdem bezahlt, was man von den Häusern hüben wie drüben des Wäschbachs nicht behaupten kann."

„Dann lass' mich mal nicht so lange warten und zeige mir, wie's drinnen aussieht", sagte sie und nahm resolut die zwanzig Stufen zum Eingang in Angriff.

Jacques bekundete Mühe, ihr mit dem Koffer und seiner Reisetasche zu folgen. Seine Hand zitterte vor Nervosität, als er den Schlüssel ins Schlüsselloch steckte. Dann stieß er die Tür auf und forderte Lotta auf, vor ihm einzutreten. „Voila, entrez, s'il vous plaît."

Sie ging an ihm vorbei und betrat beinahe ehrfürchtig den stattlichen Raum. „Es sieht von innen größer aus als von außen", gab sie beeindruckt zu und stellte ihre beiden Taschen ab. Bedächtig tastete sie sich weiter hinein. „Gefällt mir. Küche und so. Wohnbereich. Aber", ihr Blick blieb an Jacques' Schlafstatt hängen, „das Bett – pardon – es ist ein … Einzelbett.

Nicht, dass ich prüde bin, aber ich glaube, so gut kennen wir uns noch nicht, als dass …" Sie ließ den Satz unvollendet. Er würde schon verstehen, auf was sie anspielte, dachte sie.

„Jammerschade", feixte er und winkte sie vergnügt zur Seitentür. „Schau´ es dir an."

„Was ist das? Ein Hundezwinger? Hast du einen Hund?", fragte sie alarmiert. „Mit Hunden kann ich nicht!"

„I wo", wiegelte er ab. „Ich werde hier draußen schlafen. Mach´ ich im Sommer immer." Er ging in die Wohnung zurück und wartete, bis sie von der Besichtigung zurück war. „Lotta, ich geh´ eben mal kurz zum Bäcker in den Ort. Während ich weg bin, kannst du dich hier umsehen und nach deinen Bedürfnissen einrichten. Tu´ dir keinen Zwang an. Ich habe nichts zu verbergen. Was hast du denn gerne zum Frühstück?"

„Müsli vielleicht? Obst? Milch? Kaffee?"

„Okay. Später, wenn du willst, können wir gemeinsam zum Supermarkt gehen und besorgen, was wir für die nächsten Tage brauchen. Es gibt auch einen *Secondhandladen* hier. Gute Kleider zu erschwinglichen Preisen. Nur für den Fall, dass du Bedarf hast."

Diesmal war sie es, die feixte: „Wer sagt dir denn, dass ich morgen überhaupt noch hier sein werde?"

„Niemand. Aber ich glaube, dass du eine kluge Frau bist", erwiderte er und ging mit einem Leinenbeutel aus dem Haus."

Als Jacques mit den Einkäufen wieder nach Hause kam, war sie nicht da. Im ersten Schreck dachte er, dass sie ihn und das Haus verlassen hatte. Vor ihm davongelaufen war. Dann aber, zu seiner unendlichen Erleichterung, entdeckte er ihren aufgeklappten Koffer auf dem Bett. Obwohl ihm klar war, dass es sich nicht schickte, warf er einen neugierigen Blick hinein. Außer Damenwäsche und wenigen Kleidern gab es jedoch nichts Besonderes zu sehen. *Wenn das ihr ganzer Besitz ist ...*, dachte er, ohne den Gedanken zu Ende zu spinnen, fragte sich dann aber doch, woher das enorme Gewicht des Koffers kam. Von dem bisschen Wäsche allein konnte es ja nicht herrühren. Er nahm sich vor, Lotta bei Gelegenheit danach zu fragen.

Er ging hinaus und suchte mit den Augen das hinter dem Haus liegende Gelände ab. Es nahm nach einigen flachen Metern allmählich an Steigung zu. Von dort, wo das Grasland an den Waldrand stieß und wo früher das Ausflugslokal der Bierbrauerei gestanden hatte, wurde der Hang bis zur Bergspitz steil und steiler. Wo das Eisentor den alten Stollen verschloss, in etwa vierhundert Metern Entfernung, aber mit ungefähr achtzig Meter Höhenunterschied, registrierte er eine Bewegung. Lotta.

Die Stelle war zwar über Umwege mit Fahrzeugen erreichbar, doch weil Jacques keines besaß, war er auf seine Beine und Füße angewiesen.

„Was ist hinter diesem Tor", fragte sie, als er schnaufend bei ihr eintraf, „ein Wasserreservoir? Eine Quelle?"

„Nein, ein Stollen." Er erklärte ihr dessen ehemaligen Zweck.

„Der Schlüssel – hast du den?"

Er schüttelte den Kopf. „Entweder ist er in Besitz der Brauerei oder der Gemeinde. Genaueres weiß ich nicht."

Anscheinend gab sie sich mit der Auskunft zufrieden, denn sie wechselte das Thema. „Machen wir Frühstück? Ich hab´ nach dem mageren Angebot im Schlafwagen einen Bärenhunger. Du nicht auch?"

„Doch, ja. Sag´ mir nur noch, wann du nach Hamburg zurückzufahren gedenkst. Damit ich dir rechtzeitig ein Taxi bestellen kann."

Lotta grinste spitzbübisch. „Das könnte dir so passen."

Es war das erste Mal überhaupt, dass Jacques in all den Jahren seit Bezug der Hütte jemand am Tisch gegenübersaß. Das wusste Lotta freilich nicht, und er wollte es nicht erwähnen. Sie hielt ihn sonst womöglich für einen Misanthropen.

Unabhängig voneinander meinten beide zu verspüren, dass das Eis zwischen ihnen gebrochen war. So herrschte beim Frühstück eine gelöste, fast heitere Stimmung.

„Hast du in Hamburg einen Beruf ausgeübt?", fragte er kauend.

„Ich hatte ein eigenes Nähstudio. Änderungsschneiderei, wenn dir das geläufiger ist."

„Und davon konntest du leben?"

Lotta nickte. „So lange, bis der Gerichtsvollzieher mit dem Pfändungsbescheid kam. Danach war natürlich Sense. Ich musste alles aufgeben. Das Einzige, das ich habe retten können, war meine Nähmaschine."

„Nähmaschine?"

Lotta stand vom Tisch auf und ging zu ihrem Koffer. Sie hob die oberste Schicht Kleider ab. Darunter kam eine elektrische Nähmaschine zum Vorschein. „Diese Nähmaschine. Sie ist gewissermaßen mein Baby. Du hast sie die ganze Zeit über brav geschleppt", antwortete sie mit gehörigem Schalk im Nacken.

Jacques verstand. Die Frage nach dem Gewicht hatte sich damit erübrigt. „Danke, dass du mich ins Bild setzt. Du kannst also gut nähen", stellte er fest.

„Ja, das kann ich", antwortete sie selbstsicher. „Ich könnte mir vorstellen, hier im Ort wieder einen Laden aufzumachen. Mit deiner Hilfe?" Sie schaute ihn treuherzig an.

„War das eine Frage?"

„Und eine Bitte?" Lottas Augenlider klimperten.

„Das hört sich so an, als würdest du hierbleiben wollen", konstatierte er.

„Schlimm?"

Jacques breitete die Arme aus. „Herzlich willkommen in unserer Baracke."

Tatsächlich fand sich in Talhalden ein kleines Ladengeschäft, das mit Beginn der Sommerferien Anfang August den Betrieb aufgeben und die Pforten schließen würde. Die Miete war erschwinglich und Lotta und Jacques erklärten sich nach einem Gespräch mit dem Besitzer bereit, den Laden zu übernehmen und unterschrieben den Mietvertrag.

Da es erst Mai war, hatten sie keinen Zeitdruck. Lotta bereitete den Text für Zeitungsanzeigen vor, die sie rechtzeitig in der lokalen Presse aufgeben würde. Um zur Eröffnung der Änderungsschneiderei ein paar Anschauungsobjekte vorzeigen zu können, erwarb sie im *Secondhandladen* einige Kleider, die sie umzuarbeiten begann und mehr oder weniger eigene Mode herstellte.

Obwohl Lotta eigentlich reichlich zu tun gehabt hätte, ertappte Jacques sie hin und wieder, wie sie hinter dem Haus stand und ihre Blicke auf das Eisentor des Stollens gerichtet waren.

„Was findest du so anziehend an diesem Stollen?"

„Ach so, du beobachtest mich? Naja, ich würde halt mal gerne hineinschauen. Was sich hinter dem Tor verbirgt. Du nicht?"

„Meine Begeisterung für derartige dunkle Löcher hält sich in Grenzen", erwiderte er.

Lotta glaubte, sich verhört zu haben. „Das sagt ein studierter Geologe?"

„Naja. Solche Objekte wie dieser Stollen sind praktisch – wie soll ich es ausdrücken – wie eine ausgebeutete Goldmine."

„Für dich also nicht von Interesse?"

„Besser hätt' ich's nicht ausdrücken können", sagte er und schnaufte ergeben: „Geh'n wir halt nochmal hin, um deine Neugier zu befriedigen."

Gute zehn Minuten später standen sie vor dem Eisentor. Jacques klopfte mit der Faust dagegen, dass der Rost rieselte. „Total marode, dieses Ding. Würde mich nicht wundern, wenn es demnächst aus den Angeln ...“

„Ein Vierkant“, bemerkte Lotta. „Die Tür hat ein simples Vierkantschloss. Jeder Eisenbahner und jeder Schlosser könnte es öffnen.“

„Na und? Ich bin weder das eine noch das andere und ich habe keinen Vierkantschlüssel.“

„Dann einen Geißfuß“, quengelte Lotta und hüpfte beinahe vor Unternehmungslust.

„Was meinst du?“ Jacques war schwer von Begriff.

„Geißfuß“, wiederholte sie. „Wir brauchen einen Geißfuß. Dieses Werkzeug, das ...“

„Ich weiß, was ein Geißfuß ist. Du bist doch nicht ganz bei Trost.“

Lotta strahlte. „Du darfst mich alles nennen, wenn du nur schnell einen Geißfuß holst.“

Jacques starrte sie an und schüttelte dann den Kopf. „Ich fass' es nicht. Eine Änderungsschneiderin aus Hamburg will hier in Talhalden in einen Stollen einbrechen.“

Aus den Tiefen ihrer Lunge drang ein genüssliches „Mmmhhhmmm!“

Nach knapp zwanzig Minuten war Jacques mit einem Geißfuß zurück. Lotta beobachtete jede seiner Bewegungen mit Argusaugen.

Er setzte das Werkzeug mit der kurzen Zunge direkt neben dem Türschloss an und benutzte den längeren

Teil als Hebel. Nach vier Versuchen brach das Türschloss aus dem verrosteten Türblatt heraus.

„Und jetzt?", fragte er und machte keine Anstalten, die Führungsrolle zu übernehmen.

„Taschenlampe", antwortete Lotta wie aus der Pistole geschossen.

„Ach Menschenskind, Lotta, hättest du das nicht früher sagen können?", maulte er und schickte sich an, zum Haus zurückzugehen.

„Warte", rief sie, „ich hol´ sie selbst." Sie flog förmlich an ihm vorbei und war nur eine Viertelstunde später mit puterrotem Gesicht und der Taschenlampe wieder bei ihm. „Jetzt pass´ auf, Jacques. Das Abenteuer beginnt. Huch, ich fühle mich wie *Indiana Jones*," sage sie keuchend und schritt beherzt hinein.

Direkt hinter der eisernen Tür war es dunkel wie im Kuharsch. Es roch feucht und muffig. Die Stollenwände und die Decke waren halbkreisförmig mit Ziegelsteinen ausgebaut. Der Boden nass und schmierig.

Lotta tastete sich Schritt für Schritt vorwärts. Jacques folgte ihr widerwillig mit angespannter Atmung und einem flauen Gefühl im Bauch. Der Lichtstrahl der Taschenlampe tanzte über Wände und Boden.

Dreißig Meter waren nun nicht unbedingt eine spektakuläre Strecke, und so stieß das Licht bald an das Ende des Stollens.

„Was hab´ ich dir gesagt?", flüsterte Jacques. „Hier ist nichts."

„Mhm, man könnte hier wunderbar Pilze anbauen. Warm und feucht genug wäre es", antwortete Lotta. „Du weißt schon, was ich meine. Pilzkulturen. Man könnte sie auf dem Markt verkaufen."

Jacques' Augen blieben an einer sonderbaren Erhebung am Fuß des Stollenendes hängen. „Leuchte mal dorthin", forderte er Lotta auf und führte ihren Arm. „Da liegt was."

Der Lichtkegel zitterte leicht, als Lotta ihm zu der genannten Stelle folgte. Dann entfuhr ihr ein Schrei, und vor Schreck fiel ihr die Taschenlampe aus der Hand.

Jacques hob sie geschwind wieder auf und lenkte den Scheinwerfer auf das Ding, das Lottas Entsetzen ausgelöst hatte. Auch er erschrak, und taumelnd suchte seine freie Hand Halt bei Lotta. „Mein Gott", würgte er hervor. „Das ist eine Leiche. Gütiger Himmel, stark verwest."

Er ließ den Lichtschein über den Körper wandern, beziehungsweise über das, was davon noch übrig war. Lotta rang hörbar nach Atem. „Der Kleidung nach, soweit sie vorhanden ist, handelt es sich um eine Frau", presste sie mühsam hervor und unterschlug geschickt, dass der Unterkörper unbekleidet war.

„Ja", antwortete er und beleuchtete den Kopf, um den Gespinste aus langen gebleichten Haaren zu erkennen waren. „Du hast recht. Eine Frau."

„Lass' uns gehen, Jacques. Mir graut's. Es ist unheimlich hier."

Jacques nickte Bestätigung, obwohl Lotta es nicht sehen konnte. Er sandte einen letzten Lichtstrahl über die Tote, nahm Lotta an der Hand und führte sie dem mageren Streifen Tageslicht entgegen, der durch den Spalt der aufgebrochenen Tür fiel.

Zwei dickwandige Gläser standen auf dem Tisch. In das eine hatte Jacques bereits eine Daumenbreite Whiskey eingeschenkt. „Willst du auch einen?", fragte er Lotta, die gerade von der Toilette kam.

„Ja, und eine Zigarette, obwohl ich eigentlich gar nicht mehr rauche. Aber den Schock muss ich erstmal verdauen."

„Wir müssen die Polizei verständigen", sagte er, während er das zweite Glas bediente. „Die Frau ist, so viel steht wohl fest, keines natürlichen Todes gestorben. Rauchen musst du draußen."

Lotta nippte an der hellbraunen Flüssigkeit und verzog das Gesicht. Dann zog sie ihren Koffer unter dem Bett hervor und kramte eine zerquetschte Packung Zigaretten heraus. „Meine Notfallration", erklärte sie und lächelte verschämt. „Für besondere Fälle. Kommst du mit vor die Tür?"

Jacques begleitete sie nach draußen.

„Wird man uns anzeigen? Wegen der aufgebrochenen Tür?", fragte sie und knipste das Feuerzeug an.

„Das glaub´ ich nicht", sagte er. „Ich denke, dass derjenige, der die Tür zuletzt verschlossen hat, ein nachvollziehbares Interesse daran haben wird, nicht in den Fokus der Polizei zu geraten, wenn du verstehst, was ich meine."

„Verstehe", folgerte sie. „Du meinst, dass jener auch die Leiche dort versteckt hat."

„Liegt doch auf der Hand, oder? Gib´ mir doch bitte auch einen Glimmstängel. Ich rauche nämlich normalerweise auch nicht mehr."

Zuerst fuhren zwei uniformierte Polizisten in einem Streifenwagen vor und ließen sich, zwecks Absperrung des Tatortes, die Lage und die Erreichbarkeit des Stollens mit dem Fahrzeug beschreiben.

Jacques erklärte ihnen, wie sie mit dem Auto über einen höher gelegenen Forstweg bis fast direkt vor den Eingang gelangen würden. Nicht viel später hielt ein ziviler Kombi vor Jacques´ Haus, dem drei Leute entstiegen, ausgerüstet mit Scheinwerfer und Stativ nebst diversen Metallkoffern. Jacques hieß sie wieder einsteigen und dem Streifenwagen folgen.

Zuletzt und ziemlich zeitgleich erschienen zwei zivile Fahrzeuge mit je einer Person besetzt. Wie sich herausstellen sollte, handelte es sich um den Gerichtsmediziner und einen Kriminalbeamten. Der Mediziner machte sich sogleich mit seiner Ausrüstung zu Fuß querfeldein auf den Weg zum Stollen, während der Kriminalbeamte Jacques und Lotta ansprach, die beide vor dem Haus das Geschehen verfolgten.

„Guten Tag", grüßte der Kriminalbeamte. „Mein Name ist Schlendrich. Kommissar Schlendrich von der Kriminalpolizei Baden-Baden. Ich nehme an, dass Sie die Entdecker der Leiche sind?"

Lotta und Jacques wechselten einen raschen Blick. „Ja, das sind wir", bestätigte Lotta. „Es ist meine Schuld, dass wir sie gefunden haben. Ich wollte unbedingt wissen, wie es in diesem verfluchten Stollen aussieht."

„Wieso Ihre Schuld?", fragte der Kommissar.

„Die Tür war verschlossen. Ich habe Jacques", sie wies mit dem Daumen auf ihn, „meinen Mann, dazu gedrängt, sie gewaltsam zu öffnen. Ich hatte gedacht, man könne vielleicht Pilze in dem Stollen züchten, verstehen Sie, Herr Kommissar? Und dann lag da plötzlich diese … arme Frau."

„Aha, verstehe. Haben Sie irgendetwas berührt oder verändert? Oder etwas von dort mitgenommen?"

„Nein, haben wir nicht", antwortete Jacques. „Aber wir haben bestimmt unsere Fußspuren hinterlassen. Es ist ziemlich feucht dort."

„Gut, das wär's fürs Erste. Danke für Ihre Informationen. Ich lasse nachher Ihre Aussagen von einem der Beamten fürs Protokoll aufnehmen. Noch eine Frage: Wissen Sie zufällig, wer Eigentümer des Stollens ist?"

Jacques verneinte.

„Na schön, das werden wir schon herausfinden. Danke nochmals, und warten Sie bitte auf meinen Kollegen. Behalten Sie Ihre Entdeckung bis auf Weiteres für sich. Überlassen Sie es uns, die Öffentlichkeit zu informieren, okay? Schönen Tag noch." Der Kommissar drehte sich um und marschierte geradewegs den Berg hoch, wo mittlerweile ein weißrotes Flatterband der Polizei den Stolleneingang umsäumte.

Kaum war der Kommissar außer Hörweite, fing Lotta an zu stottern. „Es … es … es … tut mir furchtbar leid. Es … es … ist mir bloß so herausgerutscht."

„Was meinst du?", fragte Jacques und stellte sich unwissend, obwohl er genau wusste, worauf Lotta anspielte.

„Aaach, komm´, du weißt schon", wurde sie vortrefflich rot, „dass ich dich als meinen Mann vorgestellt habe. Es … es … ist mir …"

„Peinlich?", genoss er ihre Verlegenheit wie ein Schelm in vollen Zügen.

Lotta nickte mit dem Kopf und schien vor lauter Scham senkrecht im Boden zu versinken.

Da erkannte Jacques, dass er kein Schindluder mit ihr treiben durfte und wurde ernst. „Muss es nicht", antwortete er mit einem Anflug von Zärtlichkeit in der Stimme, „denn es wäre mir eine Ehre."

Der Abend senkte sich auf Talhalden nieder. Lotta und Jacques waren durchs Dorf spaziert, um Lottas zukünftigem Laden einen Besuch abzustatten und in Vorfreude zu schwelgen. Ganz nebenbei hatte sich Lottas linker Arm in Jacques Ellbogen eingehakt, was er mit heißen Ohren und geschwellter Brust geschehen ließ.

Nicht weit vom Laden entfernt lag Jacques´ Stammkneipe, die *Nagelschmiede*. Er lud Lotta zu einem Schlummertrunk ein. Auf dem Weg dorthin brach es auf einmal aus ihr heraus: „Keine zehn Pferde bringen mich mehr in diesen Stollen. Von wegen Pilze züchten. Hat sich was. Da ist doch total schlechter Spirit drin, verstehst du?"

„Nicht dass ich an Geister glaube, aber ich muss dir recht geben", antwortete er. „Das ist kein Ort, an dem man unbefangen seine Arbeit verrichten und gute Ware produzieren könnte. Giftpilze vielleicht, wenn überhaupt."

Sie waren am Fuß der Treppe, die zum Kneipeneingang führte, angekommen. „Ääähm, ich muss dich vorwarnen. Drinnen sitzen wahrscheinlich einige Burschen am Stammtisch, die meinen, ihren Schabernack mit mir treiben zu müssen. Möglich, dass sie auch dich als willkommene Zielscheibe für ihren Spott betrachten. Hör´ einfach weg."

Wie Jacques prophezeit hatte, begann Frieder, das größte Schandmaul, kaum dass sie den Schankraum betreten und an der Theke Platz genommen hatten, zu sticheln.

„Aha oho, sieh mal einer an. Der Herr Schabrack hat seine Hamburger Schaluppe mitgebracht."

„Nein, das ist nicht seine Schaluppe. Das ist eine der Leichen, die er heute im alten Stollen gefunden hat", ätzte ein anderer namens Manni. „Hey, Schabrack", zündelte er weiter, „hast du sie direkt vom Leichenschauhaus abgeholt? Hähähä!"

Jacques stutzte. *Was faselt der Idiot von Leichen? Wir haben nur eine gesehen.*

Er bestellte zuerst zwei Bier und rutschte dann in Zeitlupe vom Barhocker. Er drehte sich betont gemächlich um und fasste den Stammtisch mit seiner Besetzung ins Auge. Fünf Kerle hockten dort vor ihren Bieren und Schnäpsen. Er tat, als würde er Richtung der Toiletten wollen und machte ein paar Schritte darauf zu. Plötzlich tat er, als ob ihn schwindele. Er knickte seitlich ein und stürzte mit vorgereckten Armen zum Tisch und warf diesen mit allem was drauf stand um. Gläser klirrten, Flüssigkeiten flossen und spritzten und besudelten die fluchenden Lästerer.

Jacques rappelte sich höchst schwerfällig wieder auf und betrachtete zufrieden die Szenerie. „Oh, tut mir leid, meine Herren. Ein Missgeschick. Soll nicht wieder vorkommen."

Einer, der Schorsch genannt wurde und dessen Hose aussah, als hätte er hineingepinkelt, knurrte. „Du bist so ein Arschloch, Schabrack."

Jacques blieb freundlich. „Aber sicher. Immer wieder gerne, meine Herren. Schönen Abend noch", sagte er und setzte sich neben Lotta an die Theke.

„Was war das denn?", fragte sie erstaunt und schüttelte den Kopf.

„Das war schon lange nötig", antwortete er grinsend und griff nach dem Bier. „Zum Wohlsein, Lotta."

Auf dem Heimweg vergrub Lotta ihre Hand in Jacques´ Jackentasche. Lotta war irgendwie aufgekratzt, und ihr federnder Gang glich dem eines kleinen Mädchens. „Vorhin das in der Kneipe", sagte sie, „das hat mir richtig gut gefallen."

„Soso?"

„Mhm, du hast denen gezeigt, dass du einen Arsch in der Hose hast", fuhr sie unbekümmert fort. „Dass man mit dir nicht alles machen kann."

„Normalerweise bringen mich ihre Späßchen nicht auf die Palme. Heute haben sie jedoch eine Grenze überschritten", erwiderte Jacques, „und das wollte ich sie spüren lassen. Wobei ich mich frage, woher diese Burschen von der Toten aus dem Stollen wissen und dass es sich vermutlich um eine Frau handelt. Es sind noch keine vier Stunden her, seit wir die Leiche entdeckt haben, verstehst du?"

„Das ist allerdings merkwürdig", antwortete Lotta. „Und wieso redete er von Leichen? Also in der Mehrzahl? Wie kann das möglich sein? Etwa durch eine undichte Stelle bei der Polizei?"

„Entweder das, oder ... man mag gar nicht daran denken."

„Was meinst du?"

„Dass die Kerle schon lange über das Geheimnis Bescheid wissen und vielleicht sogar direkt oder indirekt selbst mit dem Verbrechen zu tun haben."

„Aber dann wären sie ja blöd, wenn sie, aus ihrer Sicht, dermaßen leichtsinnig die Aufmerksamkeit auf sich lenkten."

„Sie **sind** blöd", erwiderte Jacques. „Hast du ja gesehen."

Lotta schwieg für einige Schritte und fragte dann: „Wieso nennen sie dich Schabrack?"

„Ach, das stört mich nicht", antwortete er. „Erstens wohl aus purem Neid, weil ich nicht zu arbeiten brauche. Zweitens, nehme ich an, wegen unseres Hauses und meiner Vorliebe für Kleider aus dem *Secondhandladen*. Mit meinem Vornamen und der abwertenden Bezeichnung Baracke für unser Haus lässt sich halt trefflich kombinieren."

„**Unser** Haus?"

„Ja klar, du wohnst doch drin", sagte er vergnügt.

Die Monate Juni und Juli des Jahres 2015 verliefen für Lotta und Jacques, was den Kriminalfall um die gefundenen Leichen betraf, weitestgehend geräuschlos. Ja, Leichen, Mehrzahl, denn einen Tag nach der Entdeckung der toten Frau war ein Polizeibeamter bei ihnen erschienen und hatte ihre Aussagen zu Protokoll genommen. Ganz nebenbei hatte er verlauten lassen, dass unter der ersten Leiche, die Lotta und Jacques gesehen hatten, das Skelett einer zweiten Person gefunden worden war. Vermutlich handelte es sich ebenfalls um eine Frau und war nach der fast vollständigen Skelettierung bedeutend früher dort hingekommen als die andere Frau.

Bereits am nächsten Tag war es Kommissar Schlendrich gewesen, der bei ihnen vorbeischaute und lediglich berichtet hatte, dass der Stollen recht bald nach dem Brand des Ausflugslokals in den Besitz der Gemeinde übergegangen war. Über Ermittlungsergebnisse, wie zum Beispiel die Identitäten der Leichen, der Todesursachen oder den mutmaßlichen Todestagen, hatte er sich ausgeschwiegen. Fragen zur zweiten Leiche beantwortete er aus ermittlungstaktischen Gründen nicht. Weitere Kontakte mit der Polizei gab es für Lotta und Jacques in dieser Zeit nicht, und das sollte vorderhand und darüber hinaus so bleiben.

Welche Strategie die Polizei verfolgte, den Tod der Stollen-Frauen aufzuklären, blieb sowohl der Öffentlichkeit als auch der Presse verborgen. Nach einer ersten Schockwelle wandte sich das allgemeine Interesse mangels Informationen bald anderen aktuellen Themen zu. Lotta und Jacques hatten also genug Muße, in aller Ruhe die Eröffnung von Lottas Laden vorzubereiten.

August 2015

Den ersten und zweiten August 2015, Samstag und Sonntag, nutzten Lotta und Jacques, um den Laden in Talhaldens Ortsmitte zu beziehen.

Es brauchte nicht viel. Zwei große Tische, einen Nähtisch, Bügeltisch und Bügeleisen, zwei geräumige Regale, ein Sofa mit Couchtisch, eine Kaffeemaschine, einen Wasserkocher, einige Tassen und Teller, sowie zwei Stühle, einige Kleiderständer und jede Menge Kleiderbügel, was sie alles in Hank Schiefers Brockenstube *Handkerchief* in Durlangen preiswert bekommen hatten. Am Ende sorgte Lotta mit einer Auswahl passender Dekoartikel und Accessoires für ein augenfreundliches und einladendes Ambiente.

„Fehlen nur noch die Topfpflanzen hie und da", sagte sie und klatschte in die Hände. „Vielleicht noch ein paar Modezeitschriften zur Auslage und das eine oder andere schicke Poster an den Wänden. Aber das wird schon. Ich danke dir, mein Lieber, für deine großzügige Unterstützung."

„Bedank´ dich nicht bei mir, sondern bei meiner Mutter, dass sie einen reichen Kanadier geheiratet hatte", antwortete er. „Und ab jetzt verlieren wir kein Wort mehr darüber, okay? Noch Lust auf ein Bier?"

„Ja, aber nicht wieder den Stammtisch umwerfen."

Jacques hob unschuldig die Hände. „An mir soll´s nicht liegen."

Lottas Nähstube entwickelte sich praktisch ab dem Eröffnungstag zu einem Treffpunkt für Talhaldens Frauen. Sie schienen auf solch eine Einrichtung förmlich gewartet zu haben, und bald traf man auch Frauen aus Durlangen im Laden an. Das Alter der Frauen lag mehrheitlich bei über fünfzig, doch es fanden sich durchaus auch jüngere Semester ein.

Was Lotta an Näharbeiten überreicht bekam, betrachteten die Frauen quasi als Zugangsberechtigung zum illustren Kreis der Frauenrunde am Kaffeetisch. Es waren ja nicht jeden Tag die gleichen Gesichter, aber ganz gleich welche Charaktere sich zum Gedankenaustausch trafen, es entwickelte sich stets eine eigene Atmosphäre, um nicht zu sagen ein eigener Kosmos, die oder der die Frauen wie ein Magnet anzuziehen schien. An Gesprächsstoff mangelte es nie. Die Themen waren so vielfältig wie die Anzahl der Lebewesen in Gottes buntem Tierlegarten. So war es nicht verwunderlich, dass auch über den Tod der Frauen aus dem Brauereistollen spekuliert wurde, was seitens der Polizei und der Öffentlichkeit in Vergessenheit zu geraten schien. Wer sie gewesen sein könnten; wo sie hergekommen sein mochten; wer ihren Tod verursacht haben konnte.

Man erinnerte sich, dass einst die junge Ehefrau des Brauereibesitzers von einem Tag auf den anderen verschwunden war und nie wieder auftauchte. Zu jung und zu hübsch für den alten Sack, hieß es. Sie wäre nur auf sein Geld aus gewesen, sagte man. Sie hätten nie zusammengepasst. Sowieso sei er ein Ekel gewesen.

Aber konnte sie wirklich eine der Toten im Stollen sein? Lag ihr Verschwinden nicht viel länger zurück? Aber was hieß schon länger? Man hatte ja keine Ahnung, wie viele Jahre die Morde zurücklagen, denn das waren es doch wohl. Morde! Oder nicht? Die Polizei jedenfalls hielt sich diesbezüglich bedeckt.

Dann gab es und gibt es heute noch, und von Jahr zu Jahr wurden und werden es mehr, die Scharen von Erntehelfern aus dem Osten. Polen, Moldawen, Rumänen, Bulgaren und andere – sie kamen von überallher. Auch viele Frauen waren darunter. Spargel, Erdbeeren, Kirschen, Himbeeren, Zwetschgen und Äpfel wollten geerntet sein. Eine lange Saison vom Frühjahr bis in den Herbst.

Konnte es nicht sein, dass die Frauen Opfer eines Verbrechens geworden waren? Eifersuchtstaten? Oder Vergewaltigungen? Man gedachte der prekären Unterkünfte der Frauen und Männer. Alle in einem Raum, eng aufeinander, ohne Familie, ohne Zerstreuung und ohne Abwechslung. Armeen von Menschen, die man in den Ortschaften nicht sah und nicht wahrnahm, denn sie befanden sich tagsüber auf den Feldern und abends in den Unterkünften, oder wie immer man diese nennen mochte.

Und doch waren und sind sie da. Jahr für Jahr. Abgesondert, versteckt, unter Verschluss gehalten und schlecht behandelt und miserabel bezahlt.

Gewalttaten also, die zwei Frauen, ob jung oder alt, das Leben gekostet hatten. Entsorgt in einem Loch, nur alibimäßig mit einem Vierkantschloss verriegelt. Jeder Schornsteinfeger, jeder Eisenbahner besitzt einen Vierkantschlüssel und wer weiß wer noch alles. Kein Hahn in Deutschland kräht nach einer verschwundenen Erntehelferin. War das des Rätsels Lösung?

Oder waren es eventuell Tramperinnen gewesen? Zufallsbegegnungen mit fatalem Ausgang? Oder Obdachlose, die zur falschen Zeit am falschen Ort …? Oder Prostituierte, arglos zu einem Mörder ins Auto gestiegen?

Komischerweise mied man die Frage nach dem Täter. Einig war man sich nur, dass es jemand aus Talhalden oder der näheren Umgebung sein musste, denn ein Auswärtiger hätte von dem Versteck im Stollen nichts gewusst. So gesehen rückte praktisch jedes Mannsbild aus dem Dorf in den Verdacht, ein Mörder zu sein. Ausgenommen freilich die Greise und notabene die eigenen Ehemänner. Man war vorsichtig, misstrauisch, nannte keine Namen und hütete sich davor, nichtwiedergutzumachende oder gefährliche Gerüchte in die Welt zu setzen, wobei doch jede Frau im Geiste und stillschweigend eine Rangliste der am meisten Verdächtigen führte. Aber man musste sich ja nicht auf Teufel komm raus zur Zielscheibe für den machen, den man als Mörder favorisierte. Denn noch lief er frei herum.

Der Verbrauch an Kaffee war schwindelerregend, und Lotta bat Jacques um eine zweite Kaffeemaschine plus eine Thermoskanne, um mehr Tassen und Teller, und um mehr Stühle. Nicht, dass sie mit dem Extra-Service Geld verdiente, was sie wegen fehlender Konzession sowieso nicht durfte, im Gegenteil; aber Mittelpunkt und Initiatorin einer – naja – Frauenbewegung zu sein, gefiel Lotta sehr wohl.

So ergab sich, dass sie die Näharbeiten, die sie tagsüber nicht bewältigt brachte, deshalb in die Abendstunden verlegte, in denen sich Jacques gerne zu ihr gesellte und die gewohnten Daumenbreiten Whiskey in ihrem Laden zu sich nahm.

„Wenn das so weiter geht, komme ich nicht umhin, demnächst eine Hilfskraft einzustellen", sagte sie eines Abends. „Schau dir nur die Masse an Geschirr an, die zu spülen ist. Und nähen muss ich ja schließlich auch noch."

Jacques schaute sich um. „Tja, wer hätte das gedacht, dass dein Nähstudio dermaßen gut einschlägt. Aber bedenke: Wenn du jemanden beschäftigst, dann musst du auch Lohn bezahlen. Nicht, dass ich dir die Lust an der Freud´ nehmen will, doch das bedeutet bürokratischen Mehraufwand."

Lotta klimperte mit den Augenlidern und schnurrte mit verführerischer Stimme: „Für mich oder für dich?"

Es war wie in einem Science-Fiction-Film gewesen. Manu in einem Zeittunnel. Auf einer anderen Ebene als die Realität. Ein Kinderspiel.

Gerda hatte geschlafen wie ein Murmeltier, als sie das Zelt verlassen und sich mit den anderen Leuten am Kiosk getroffen hatte. Sich zu sechst in einen Trabi gequetscht hatten. Ein Unding mit Gepäck, aber allen war so wunderbar leicht ums Herz gewesen. Zwei junge Paare, ein Kerl – und Manu. Sie hatte sich den anderen als *Caro* vorgestellt.

Sie kannten sich alle nicht. Hatten sich vorher noch nie gesehen. Außer die Paare natürlich.

Zu Beginn der Reise waren sie euphorisch. Berauscht vom Mut, über die eigenen Schatten gesprungen zu sein. Sie hatten Lieder gesungen. Mit Inbrunst. *Über sieben Brücken musst du gehen* von *Karat*, zum Beispiel. Und *Am Fenster* von *City*. Unverfängliche DDR-Lyrik, aber gerade deswegen war sie auch universell. Je länger die Fahrt jedoch dauerte und je näher man der Grenze kam, desto stiller wurde es im Auto.

Ungefähr einen Kilometer vor der Grenze hielt der Fahrer an. Minutenlang sagte keiner im Auto ein Wort, hörte man nur den eigenen schweren Atem und das Klopfen des Herzens. Minutenlang starrten alle geradeaus nach vorne. Nach drüben.

„*Überlegt es euch, ob ihr es wirklich wollt*", überwand der Fahrer das Schweigen. „*Jetzt könnt ihr noch aussteigen und umkehren. Überlegt euch, was ihr zu verlieren habt. Beruf, Familie, Freunde. Überlegt euch, was euch erwartet. Es wird nicht einfach werden. Und es gibt keinen Weg zurück."*

„ Lasst mich raus", sagte Manu. *„ Mir wird das hier zu eng, und wenn ich jetzt erst anfange zu überlegen, bin ich definitiv zu spät dran."*

„Du willst umkehren? Hast du Schiss, Caro?" fragte der Kerl, auf dessen Schenkeln sie saß.

„Schiss hat, wer eine Moralpredigt braucht. Ich hab' keinen Schiss. Ich will von hier alleine weiter. Ich will zu Fuß über die Grenze und jeden einzelnen Schritt genießen. Danke fürs Mitnehmen."

Manu überquerte die ungarisch/österreichische Grenze am Morgen des dreizehnten September. Sie ging bewusst den Reporter- und Kamerateams aus dem Weg und wich, soweit es sich vermeiden ließ, Begegnungen mit ihren Landsleuten aus. Sie hatte keine Lust, sich über das Woher, Wieso und Wohin zu erklären.

Es wehte eine leichte beständige Brise aus Westen, die in ihren langen Locken spielte und über das Gesicht strich wie eine zärtliche Berührung. Ihr Weg glich, da sie die Hauptströmung der Flüchtlinge mied und eher Nebenstrecken wählte, einem Zickzackkurs. Sorge, dass sie nicht schnell genug vorwärts kommen könnte, machte sie sich nicht, denn sie genoss und empfand die ersten Stunden der

Freiheit wie eine süße Verführung. Wenn sie des Wanderns müde wurde, stellte sie sich mit dem hochgereckten Daumen an die nächste Straße und ließ sich in den nächsten Ort mitnehmen. Auf eine Mitfahrgelegenheit brauchte sie nie lange zu warten. An einer jungen Frau mit honigblonden langen Haaren fuhr keiner achtlos vorbei.

In einer Volksbank wechselte sie die ungarischen Forint aus der gemeinsamen Urlaubskasse mit Gerda in österreichische Schilling.

Die erste Nacht verbrachte sie in einer dörflichen Pension. Falls sie erwartet hatte, dass die Matratzen der westlichen Welt komfortabler sein würden als die ihres Heimatlandes, wurde sie enttäuscht. Aber so war sie nicht gestrickt, dass sie bereits am ersten Tag begann ins Rosenbeet zu pinkeln.

Bei geöffnetem Fenster betrachtete sie den Sternenhimmel, und er schien ihr nicht wesentlich anders auszusehen als aus ihrer Wohnwabe in Cottbus. Aber, redete sie sich ein, es war doch etwas ganz anderes, ihn mit den Augen zu sehen, die jederzeit den Standort wechseln konnten, wenn man nur wollte. Und weil sie es so dachte, lag und schlief und wachte sie bei offenem Fenster und aalte sich in der frischen Luft, die ganz nach Freiheit roch. Ja, nach Freiheit. Und unbedingt das Fenster offen. Eingesperrt war sie in ihrem bisherigen Leben lange genug gewesen.

In einer der Wachphasen wurde sie von einem hellen Schein ans Fenster gelockt. Die Arme auf das Fensterbrett gestützt, sah sie am klaren Firmament in der Ferne bereits die Lichtkuppel einer großen Stadt.

Am späten Nachmittag des vierzehnten September traf Manu in Österreichs Hauptstadt ein: Wien.

September 2015

Die Hilfskraft hieß Nadja und arbeitete täglich außer Sonntag von zehn Uhr bis sechzehn Uhr, samstags nur vormittags. Sie kam mit dem Rad von Durlangen gefahren, wo sie zusammen mit zwei anderen jungen Frauen in einer Sozialwohnung hauste.

Sie war ein Prachtmädel von zweiundzwanzig Jahren. Mittelgroß, schlank, dunkelbraune lange Haare und blaue Augen. Ein Goldstück mit unfassbar schneller Auffassungsgabe. Was Lotta ihr an der Nähmaschine zeigte, brauchte sie kein zweites Mal zu erklären. Nadja war, was das Nähen anbelangte, ein Naturtalent. Sie baute ihre Kenntnisse stufenweise auf und entwickelte folgende oder weitere Schritte völlig autonom, wie ein auf *Künstliche Intelligenz* getrimmter Computer. Dabei fehlte es ihr nicht an Freundlichkeit und Aufgeschlossenheit, was die Damen der Frauenrunde sehr zu schätzen wussten.

Durch ihren ungekünstelten und natürlichen Charme gedieh sie im Nu zum Liebling aller, und manch eine der reiferen Damen des Nähzirkels offenbarte alsbald Muttergefühle. Es war nicht zuletzt Nadjas Herzlichkeit zuzuschreiben, dass der Zulauf zu Lottas Nähatelier anhielt und mit fortschreitender Zeit daraus eine feste Institution wurde.

Irgendwann standen die zwei toten Frauen aus dem Brauereistollen auch in Lottas Nähstube nicht mehr an Punkt eins der Tagesordnung. Die Welt drehte sich weiter, und so wandten sich die Gespräche und Diskussionen anderen Themen zu.

Auffallend war, dass es untereinander so gut wie keinen Streit gab. Meinungsverschiedenheiten wurden, so sie denn auftraten, sofort und im direkten Diskurs aus der Welt geschafft. Nicht, dass alles immer pure Eintracht gewesen wäre, aber was die Frauen nicht untereinander geregelt brachten, landete unweigerlich bei Lotta, die am Ende stets für einen Konsens zu sorgen wusste.

Was Lotta anfangs noch für lächerlich und übertrieben gehalten hatte, nämlich von einer Frauenbewegung zu sprechen, stellte sich im Laufe der Wochen, ohne dass sie je in Absicht gestanden hätte, in der Tat ein. Die Nähstube entpuppte sich als ein Hort der Kraft; als geistiges Zentrum einer Anzahl von Frauen, die, so unterschiedlich sie auch waren, in den Begegnungen und Gesprächen einen Gemeinsinn entdeckten, der ihr Selbstbewusstsein und Auftreten stärkte. Es entstanden nicht nur Freundschaften untereinander, sondern auch ein Netzwerk sogenannter Nachbarschaftshilfen, dessen unentgeltlichen Dienste die Frauen schließlich sogar in die Öffentlichkeit trugen. Als überwiegend Einheimische wussten sie über den Dorfklatsch, wo Hilfe notwendig und angebracht war. In der Gemeinschaft wurde dann überlegt, welche Art von Unterstützung man anbieten konnte ohne denjenigen oder diejenige zu beschämen.

Unter dem Namen *Lottas Nähstub'-Mädels* reservierten die Frauen einen Stand für den Weihnachtsmarkt in Durlangen. Man dachte an den Verkauf von Eigenproduktionen wie Weihnachtsplätzchen,

Gestricktem und Genähtem oder Selbstgebasteltem für einen guten Zweck, der noch erkoren werden musste.

Jacques verfolgte das Geschehen zum einen mit Staunen, zum anderen mit Stolz. Mit feinen Sinnen nahm er eine leise Veränderung unter Talhaldens Einwohnerschaft wahr. Als hätte ein lauer Wind ein sanftes Lächeln ins Dorf geweht. Er sah es in den Gesichtern der Leute und wusste, dass es an Lotta und ihren umtriebigen Frauen lag. Irgendwie machte sich eine Aufbruchstimmung breit.

Ihm allerdings wollten die toten Frauen aus dem Stollen nicht aus dem Kopf verschwinden. Vier Monate waren seit ihrer Entdeckung vergangen, und Jacques wurde das Gefühl nicht los, dass mit den Polizeiermittlungen etwas nicht stimmte. Er hätte sonst mit Sicherheit etwas in der Zeitung darüber gelesen oder in der Kneipe, dem Umschlagplatz für Gerüchte und Halbwahrheiten aller Art, davon gehört. Aber da war nichts.

Er suchte am Montagmorgen, dem einundzwanzigsten September, das Büro des Ortsvorstehers Lukas Pinter auf, um explizit nach dem Stand der Dinge zu fragen. Doch den Gang hätte er sich sparen können, denn der Ortsvorsteher blies die Backen dick auf und schüttelte den Kopf. „Wahrscheinlich weißt du mehr als ich", sagte er. „Du hast die Leichen immerhin gesehen. Ich nicht."

„**Eine** hab' ich gesehen. Aber …", versuchte Jacques einen Einwand zu landen, der von Lukas Pinter prompt abgewürgt wurde.

„Soviel ich weiß, liegt es daran, dass angeblich noch keine der Frauen identifiziert ist. Und wie sie ums Leben kamen, steht ebenfalls noch nicht fest. Was man mit Bestimmtheit sagen kann: Aus Talhalden war es keine, und das ist schon mal sehr beruhigend.

Man kann zwar das ungefähre Alter bestimmen und wie lange sie schon tot sind. Aber wer sie waren – woher sie kamen – tut mir leid. Ich habe gehört, dass man nun einen sogenannten Schädelforscher hinzuziehen möchte. Also jemand, der anhand der Schädelform auf die ethnische Herkunft eines Menschen schließen kann." Der Ortsvorsteher lehnte sich in seinem Sessel zurück und verschränkte die Hände über dem Bauch. „Wenn's hilft?"

Es können doch nicht einfach Menschen von der Bildfläche verschwinden, dachte Jacques beim Verlassen des Rathauses. *Ja wo sind wir denn?* Er wusste natürlich, dass es Staaten gab, in denen es zum Alltag und zum System gehörte, unbequeme Menschen von der Bildfläche zu tilgen. *Aber hallo, doch nicht hier mitten in Deutschland.*

Auf dem Nachhauseweg gegen zehn Uhr kam er an Lottas Geschäft vorbei und sah durchs Schaufenster, dass drinnen reger Betrieb herrschte. Er klopfte kurz an die Glastür und winkte hinein, ohne jedoch den Laden zu betreten. Lotta schickte ihm einen Handkuss, und er ging lächelnd seines Wegs. Ein kurzer Funke des Glücks, der aber bereits nach wenigen Schritten wie eine Sternschnuppe erlosch, denn die Gedanken an die toten Frauen eroberten seinen Kopf zurück. Dabei ließ er sich auch von Frieder, Manni, Schorsch und ihrem jüngeren Kollegen Paul nicht stören, die in ihrer orangefarbenen Arbeitskleidung gerade aus der *Nagelschmiede* vom Frühstücksbier kamen.

„Hoi, Schabrack, heute ganz ohne deine Schaluppe unterwegs, hä?", lästerte der Frieder unter dem Gekicher Mannis und Schorschs. Paul, der vierte im Bunde, schien hingegen peinlich berührt zu sein; sein pflichtschuldiges Grinsen jedenfalls entgleiste dramatisch. Einen Moment später jedoch bannte ein anderes Ereignis Pauls Aufmerksamkeit. Er blieb auf der Treppenstufe stehen, sein Kinn sank herab und er gaffte über die Köpfe der anderen hinweg ein Stück die Straße entlang. Jacques fragte sich seinerseits, was so Weltbewegendes dort geschah, das sich lohnte anzuglotzen, und guckte über die Schulter. Es war Nadja, die gerade ihr Fahrrad vor Lottas Laden abstellte. *Aha,* dachte er, *Paul hat ein Auge für weibliche Reize*.

Jacques wunderte sich nicht darüber, dass die Angestellten des Gemeinde-Bauhofs morgens schon die Kneipe besuchten und achtete nicht weiter auf die Provokation. Denn er bekam soeben noch den letzten Zipfel einer Eingebung zu fassen, die ihn in der Nacht schon als Traum gestreift haben musste und ihren hauchdünnen Schleier wie ein langes Band bis in den Tag hinein hinter sich her zog. Und auf einmal wusste er, an wen er sich wenden könnte. Derart erhellt, beschwingte er die Schritte und strebte seinem Haus zu. *Oder unserem Haus*, korrigierte er sich und dachte an Lotta.

An eine Rückkehr Lottas nach Hamburg glaubte Jacques schon lange nicht mehr. Sie hatte sich entschieden, bei ihm zu bleiben.

*Bei mir. Nicht in einer eigenen Wohnung irgendwo im Ort. Nein, bei mir. In **unserem** Haus*, dachte er.

Noch waren die Septembernächte nicht so kalt, dass er in seinem freiwillig gewählten Hundezwinger-Camp frieren musste. Doch in nicht allzu ferner Zeit würde er es draußen nicht mehr aushalten. Dann musste er sein Nachtquartier **in** die Hütte verlegen. Aufs Sofa wahrscheinlich. Denn noch immer schlief Lotta im Einzelbett, und keiner von ihnen hatte bis jetzt den nächsten Schritt gewagt, ein größeres Bett für beide … ja, was denn? Anzusprechen? Vorzuschlagen? Zu kaufen?

Sie waren sich herzlich zugetan, Lotta und er. Verstanden sich wunderbar. Ein Paar wie aus dem Bilderbuch. Aber Liebe? Oder Sex? In dieser Hinsicht schlichen sie umeinander herum wie zwei Katzen um einen stinkenden Fisch.

Er würde ja wollen. Aber er wusste nicht, ob **sie** ebenfalls wollte, und wenn **sie wollen** täte, wie **er** den Graben überwinden könnte. Oder so ähnlich.

Der Kriminalhauptkommissar aus Offenburg hatte ihm nie seine Handynummer gegeben. Ergo versuchte Jacques, ihn über die Zentrale der Polizei zu erreichen. Sein Anruf wurde in eine Warteschleife gelegt, wo er minutenlang einer Weltmusik mit irisch angehauchtem Flötenspiel lauschen durfte.

Sie hatten sich erst zweimal getroffen. Er und Edgar Schaaf, der Hauptkommissar. Zufallsbegegnungen.

Das erste Mal war ihm der Kommissar bei einem Jahrmarkt in Offenburg über den Weg gelaufen; auffallend mit kurzgeschnittenem Vollbart und langem grauen Pferdeschwanz. In dem Gedränge vor einem der Stände hatten sie ein paar Worte gewechselt. Worüber, das wusste Jacques heute nicht mehr. Das war vor fünf oder sechs Jahren gewesen.

Das zweite Mal, noch gar nicht so lange her, Bart und Haare mit deutlicher Tendenz zu Silber, war bei der Eröffnung von Hank Schiefers Brockenstube *Handkerchief* in Durlangen gewesen, wo Edgar Schaaf eine Original-Zeichnung von *Max Liebermann* für einen Spottpreis erworben hatte.

Jacques konnte nicht behaupten, dass sie sich kannten. Vielleicht lief es eher auf ein Wiedererkennen hinaus, wenn sich ihre Wege kreuzten. Aber an ihn hatte er sich erinnert, und nun hoffte Jacques, dass dieser Edgar Schaaf gewillt war, ihm bei der Klärung einiger Fragen zu helfen.

Die Musik hörte abrupt auf, dann ploppte es in der Leitung, als sei ein Stöpsel aus einer Flasche gezogen worden.

„Schaaf!", bellte es in Jacques´ linkes Ohr.

Obwohl er genau auf diesen Gesprächspartner fixiert gewesen war, verschlug es ihm ob des Tons die Sprache. „Äääähhh …"

„Schaaf am Apparat. Wer ruft an?"

Jacques fing sich rechtzeitig. „Hier ist Jacques Brasseur. Herr Schaaf, wir kennen uns flüchtig …"

„Ich weiß wer du bist. Um was geht's?" Der Kommissar schien unter Zeitdruck zu stehen.

„Tja, um was geht es? Gute Frage. Also es geht um Folgendes: …" Jacques schilderte sein – Begehren wollte er sagen, doch das klang ihm zu sperrig – sein Anliegen nach den Stichwörtern, die er zu diesem Zweck vorher aufgeschrieben hatte.

Am Samstag also. Am Samstag dieser Woche würden sie sich treffen. Der Kriminalhauptkommissar Edgar Schaaf und Jacques. Nicht dienstlich, hatte der Kommissar gesagt. Privat demnach, und Edgar Schaaf würde mit seiner *Harley-Davidson* nach Talhalden kommen.

Das ist doch mal 'ne Ansage, dachte Jacques und machte sich auf den Weg zu Lottas Nähstube, um ihr die Neuigkeit mitzuteilen, solange sie noch spuckefeucht war. Er wollte nicht bis zum Abend damit warten.

Er platzte in einen erregten Wortwechsel, den eine engagierte Gruppe von Frauen mit Nadja führte. Wobei von Wechsel nicht viel zu hören war, denn Nadja verhielt sich eher zurückhaltend, während die anderen auf sie einredeten. Einbahnstraßensyndrom.

Es ging darum, Nadja auf das Risiko ihrer Gewohnheit hinzuweisen, abends mit dem Rad von Talhalden nach Durlangen zu fahren. Eine Frau, die Jacques unter dem Namen Ella kannte, führte das Wort: „ ... und gerade jetzt, wo es von Tag zu Tag früher dunkel wird. Einen Radweg gibt es sowieso nicht, und außerdem verläuft die Straße durch einen Wald. Ach, da kommt ja der Herr Jacques. Jacques, sagen Sie doch dem bockigen Mädchen, dass es entweder den Bus nehmen oder ein Zimmer in Talhalden mieten soll. Ist doch wahr."

Ella hatte durchaus recht. Die Straße zwischen Talhalden und Durlangen war für Radfahrer nicht ungefährlich, obwohl sie kerzengeradeaus ging. Vier Kilometer Piste, beinahe auf der gesamten Strecke von Wald umsäumt. Eine Rennstrecke für Autos und LKWs. Der Streifen für die Radler äußerst schmal.

Jacques fühlte sich überrumpelt. Acht Gesichter hatten sich ihm zugewandt, inklusive Lottas. „Guten Morgen erst mal", sagte er. „Das mit dem Bus wär' ja okay, wenn denn abends einer ginge. 's fährt aber nix."

„Sag' ich doch die ganze Zeit", maulte Nadja, „aber 's glaubt mir ja keiner. Zudem möcht' ich abends mit meinen WG-Genossinnen zusammen sein. Ausgehen, chillen, tanzen, Kino – was auch immer. Hier in Talhalden ist doch tote Hose."

„Da hört ihr's", kommentierte Jacques. „Nix los in diesem Kaff."

„Dann halt ein Zimmer, meine Güte, kann doch nicht die Welt kosten!" Wieder Ella. „Dann siehst du deine Genossinnen eben bloß an den Wochenenden."

„So viel verdiene ich bei Lotta nicht, als dass ich mir zwei Wohnungen leisten könnte", verteidigte sich Nadja.

„Also wenn's an Geld hapert – ich hätte da ein leerstehendes Zimmer", brachte sich eine andere Frau ein, Lucy gerufen. „Kein Luxus, nur ein Zimmer. WC und Bad eine Etage tiefer."

„Na?", schnappte Tina. „Na?"

„Das wär' doch ideal", gab Meggi ihren Senf dazu.

„Genau. Die Lösung schlechthin", bekundete Gabi.

„Vergesst es", winkte Nadja ab. „Dann bin ich ja immer noch da, wo's außer einer Kneipe nichts gibt."

„Na schön, Kindchen", warnte Ella. „Aber komm' nicht und sag', dass du bei Nacht und Nebel über den Haufen gefahren worden wärst."

Eine der Frauen hatte sich bis jetzt aus der Diskussion herausgehalten. Doch jetzt, nach Ellas letzten Worten, stöhnte sie auf. Sie hieß Irene und war nach Jacques' Einschätzung zwischen sechzig und siebzig Jahre alt. „Mein Sohn war achtzehn, als er verunglückte", sagte sie mit monotoner Stimme. „Auf der Straße von Durlangen nach Talhalden. Es war später Abend, es stürmte, Starkregen, Blitz und Donner. Ein achtzigjähriger Greis hat ihm die Vorfahrt genommen. Beim Abbiegen übersehen. Vier Monate bewusstlos im Krankenhaus. Danach querschnittsgelähmt, und auch im Kopf ist er seither nicht mehr richtig. Nur damit du´s weißt, Nadja, von was wir hier reden."

Für die Dauer einiger Herzschläge herrschte betretenes Schweigen, das Jacques endlich durchbrach.

„Wenn ich morgens manchmal mit dem Schülerbus nach Durlangen fahre, steigt hier in Talhalden ein Rollstuhlfahrer ein. Ein Mann um die vierzig."

Irene nickte. „Stimmt. Das ist Ronny, mein Sohn. Er arbeitet in einer Behindertenwerkstatt in Durlangen und repariert Fahrräder. Er ist vierundvierzig, falls es dich interessieren sollte."

„Das … das … tut mir sehr leid, Irene", antwortete Jacques aufrichtig. „Ich … ich darf Sie doch Irene nennen?"

„Natürlich, Jacques. Natürlich", sagte Irene mit traurigen Augen.

Mit der kalendarischen Umstellung von Sommer auf Herbst an diesem Tag änderte sich auch das Wetter.

War Jacques am Vormittag noch trockenen Fußes bis zu Lottas Nähstube gekommen, erwischte ihn auf dem Heimweg eine kalte Bö, Vorbotin einer grauen Regenfront. Und noch bevor er die Haustür aufschloss, war er bis auf die Haut durchnässt.

Was er als erstes tat, war, sein Nachtlager aus dem Hundezwinger auf das Sofa zu verlegen. Zwar schielte er sehnsüchtig nach Lottas Bett, doch sah er schweren Herzens ein, dass es für zwei erwachsene Leute einfach zu schmal war und nur durch Kraft seiner Gedanken alleine nicht breiter wurde.

So forsch er Lotta in Hamburg noch angesprochen hatte, so schüchtern, um nicht zu sagen verklemmt, benahm er sich in Bezug auf ein gemeinsames Bett. Er redete sich ein, dass es Lottas Entscheidung sein müsste, ihn unter ihre Decke schlüpfen zu lassen. Schließlich war **sie** diejenige, die ein Trauma erlebt hatte, ergo oblag es **ihr** ihm zu zeigen, dass sie für einen intimen Neuanfang bereit war. Denn darauf lief es doch letztlich hinaus, oder?

Jacques stolperte. Nicht physisch, sondern über das Wörtchen *oder*.

Aus heiterem Himmel fühlte er sich plötzlich hässlich und wüst. Er schalt sich wegen der Schlussfolgerung, die er soeben verbrochen hatte und fragte sich, ob er tatsächlich unter einem dermaßen sexuellen Notstand litt, dass sein Hirn solche Kopfgeburten produzierte. Das Gesicht färbte sich vor Scham rot, und er begann in der Peinlichkeit um Vergebung zu stammeln: *„Das bin nicht ich, so bin ich nicht, verzeih´ Lotta, verzeih´."*

Warum sollen wir nicht einfach nur Freunde bleiben können?, formulierte er die Frage umständlicher als nötig und suchte im Geiste nach einem Prädikat, das sinnbildend Erklärung und Antwort gleichermaßen sein sollte. Es schüttelte ihn vor Widerwillen, als das Wort in leuchtenden Lettern vor den Augen auftauchte: *platonisch*.

Platonische Liebe? Ne! Nicht mit mir, dachte er. *Es muss ein breiteres Bett her, Lotta. Früher oder später. Kann meiner unmaßgeblichen Meinung nach gerne früher sein.*

Als Lotta am Abend nach Hause kam, registrierte sie das Provisorium auf der Couch sehr wohl, erwähnte es jedoch mit keiner Silbe.

Jacques beobachtete ihre Bewegungen und Mimik mit zwangsgebremster Spannung. Als die Augenscheinnahme bestätigte, was sein Herz eigentlich schon längst verinnerlicht hatte, rutschte ihm unabsichtlich ein Schnalzer über die Zunge und dachte: *Ich liebe sie. Du lieber Himmel, ja, ich liebe sie wirklich.*

„**Hasch** du etwas gesagt?", fragte sie. „**Isch** was?"

„Äääh … nein. Ich habe Gemüse eingekauft", rettete er sich aus der Verlegenheit. „Für Gemüseeintopf. Hilfst du mir beim Schneiden?"

Am Tag darauf hatte er vorgehabt, dem Leichen-Stollen einen Besuch abzustatten. Nur um womöglich zu spüren, ob ihn irgendeine Empfindung anfliegen würde, die ihm half, die Düsternis, die diesen Ort umgab, ein wenig zu durchbrechen. Zu verstehen, was hier geschehen sein mochte. Doch es regnete in Strömen, und in Kombination mit den Rücken- und Nackenschmerzen, die er sich vom unbequemen Schlafen auf der Couch eingehandelt hatte, war die Situation wenig einladend.

Grund war ein Gedanke, der ihn neuerdings quälte: Ob er von den schrecklichen Dingen, die um oder in dem Stollen geschehen waren, etwas hätte bemerken müssen. Und wenn ja, warum ihm dann nichts aufgefallen war, das sein Interesse hätte misstrauisch werden lassen. Schließlich wohnte er seit vierzehn Jahren im ehemaligen Hundesportvereinsheim, nicht weiter als vierhundert Meter Luftlinie vom Stollen entfernt. Aber da war nichts, so sehr er auch in der Erinnerung forschte. Keine merkwürdigen Geräusche, die ihn nachts geweckt; keine verräterischen Lichter, die ihn stutzig gemacht hätten; keine Personen, die nicht zu diesem Ort gehörten. Nichts.

Vierzehn Jahre, und er hatte keine Ahnung, wie lange die Frauen schon im Stollen lagen. *Ist es eventuell passiert, während ich selig in meinem Bett schlief?* Ihm wurde schlecht bei dieser Vorstellung.

Wenn er sich richtig erinnerte, hatte er sich, seit er hier wohnte, zu keiner Zeit um diesen Stollen geschert. Er nahm ihn als gegeben hin. Als unverrück- und unverwechselbare Landmarke ohne tiefere Bedeutung, die, so man sie würdigen wollte, zur Geschichte einer Brauerei gehörte und zu den früheren gesellschaftlichen Vergnügungsorten der Gemeinde zählte.

Den Forstweg, der durch den Wald zum Stollen führte, war er selber nie gegangen. Er hatte ihn nicht interessiert. Gerade noch dass er beschreiben konnte, wie man von der Dorfmitte aus zum Beginn des Weges gelangte. Dann war es mit den Kenntnissen aber auch schon vorbei.

Lotta hatte ihm eine Hausarbeit aufgedrängt. „Zum Zeitvertreib", hatte sie gesagt und ihm die unrasierte Wange gestreichelt. „Nur wenn du **willsch**. Wir stehen nicht unter Druck. Es **isch** noch lange hin bis zum Weihnachtsmarkt, **gell**?" Sie gewöhnte sich badische

Idiome an. Jacques fand es aus ihrem Mund zum Niederknien rührend.

Auf dem Tisch lagen ein Stapel Blanko-Postkarten, geglättete Strohhalme in allen Gelb- und Brauntönen, eine Schere, ein Teppichmesser und eine Tube Alleskleber. „Weihnachtsmotive, bitte. Na, du **weisch** schon. Den Stall, die Krippe, Sterne, Maria und Josef, Esel und Ochse. Bis später, mein Lieber."

Jacques machte sich alsbald ans Werk. Da er rationell dachte, fertigte und klebte er als Vorlage zuerst eine Musterkrippe auf eine der Postkarten, und schnitt nach deren Maße aus den dunklen Strohhalmen eine erkleckliche Anzahl von *Balken* und *Brettern* zurecht. Rasch hatte er so viel *Baumaterial* zusammen, dass er mit der Massenproduktion von Weihnachtsställen beginnen konnte.

Schwieriger wurde es mit den Figuren. Das Stroh mit seinen Maserungen erwies sich für Feinarbeiten mit der Schere, was zum Beispiel die langen Ohren des Esels und die Hörner des Ochsen betraf, als diffizil. Ein ums andere Mal brach das spröde Material an den empfindlich dünnen Stellen ab, wodurch Jacques ärgerlicherweise zusammenstückeln und mit einer Pinzette arbeiten musste.

Fünf Euro müssen sie pro Karte verlangen, dachte er. *Mindestens.*

Nach drei Stunden fisseliger Bastelei brannten ihm die Augen. Er verließ das Haus und zündete eine von Lottas restlichen Zigaretten an. Während er rauchte, wanderte sein Blick über Talhaldens Dächer hinweg. Ganz von allein schlich sich ein Unbehagen bei ihm ein. *Unter einem dieser Dächer wohnt aller Wahrscheinlichkeit nach ein Mörder*, war die Erkenntnis, die in seinem Fusselsieb für Quintessenzen hängen blieb. *Und vielleicht bin ich ihm sogar schon begegnet. Wenn es so ist, warum haben meine Sensoren dann nicht Alarm geschlagen?*

Er drehte sich um und schaute den Berg hinauf zum eisernen Tor. Vom Absperrband der Polizei war kaum noch etwas zu sehen. Lose Enden flatterten im Wind. *Bald wird alles überhaupt nicht gewesen sein*, dachte er mit mulmigem Gefühl und ging ins Haus zurück, um noch eine Stunde Strohhalme zu kleben.

Lotta hatte ja recht. Bis zum Advent, respektive zum Weihnachtsmarkt, waren es noch mehr als zwei Monate. Bis dorthin würde er locker einen respektablen Stapel Postkarten fertig haben.

Samstag, 26. September 2015

Nach fünf Tagen Sauwetter war es der erste Tag ohne Regen. Der Wetterbericht kündigte ein Wochenende schönsten Spätsommers an. Ideal für alle Motorradenthusiasten, die Maschinen vielleicht ein letztes Mal auszufahren, bevor sie für den Winter eingemottet wurden.

Der Mann hätte einem Werbeprospekt für *Harley-Davidson-Motorräder* entsprungen sein können. Leider kannte sich Jacques mit den Modellen nicht aus. Motorräder an sich waren ihm grundsätzlich suspekt.

Aber dass Edgar Schaaf, der gerade das Bein über das Hinterrad schwang und den Seitenständer ausklappte, auf einem Traum aus geputztem Chrom gefahren kam, musste auch den Blindesten vor Neid erblassen lassen.

Doch nicht nur das *Bike* war eine Pracht. Auch der Fahrer war einen zweiten Blick wert. Ein großer kräftiger Mann im echten *Biker-Look*. Visierloser Helm, Sonnenbrille. Eine nostalgische schwarze Lederjacke mit vielen silbernen Schnallen und Reißverschlüssen. Blue-Jeans. Schwarze Stiefel mit ebenfalls silbernen Schnallen. Grauer Bart und Pferdeschwanz. Edgar Schaaf *himself*.

Lotta war extra länger zuhause geblieben, um diesen Mann zu sehen. Sie ließ deswegen Nadja die Nähstube aufschließen und wusste, dass Nadja sie bis zu ihrem Eintreffen gut vertreten würde.

„**Isch** er das?", fragte Lotta flüsternd. „Das **isch** er, nicht wahr?"

„Das ist er", raunte Jacques bestätigend zurück.

Lotta rammte ihm den Ellbogen in die Seite. „Wenn du mich **fragsch, isch** der von einem ganz anderen Kaliber wie der Kommissar aus Baden-Baden. Wie hieß er noch? Schlendrian?"

„Schlendrich", stellte Jacques richtig.

„Und warum ermittelt dieser Schlendrich in dem Fall und nicht Edgar Schaaf?"

„Nun, ich denke es wird nach Gebietszuständigkeiten gehen", antwortete Jacques. „Wollen wir ihm einen guten Morgen wünschen?"

Edgar Schaaf und Jacques sahen Lotta hinterher, als sie die zwanzig steinernen Stufen zur Straße und diese weiter hinunterlief. Jacques schien es, als würde seine Angebetete einen halben Meter über dem Asphalt schweben. Er spürte einen kleinen lästigen Stachel in der Herzgegend piksen. *Unsinn*, dachte er grummelnd, *ich werde doch wohl nicht eifersüchtig sein?*

„Gehen wir ins Haus", sagte Jacques, stieß die Haustür auf und komplimentierte den Hauptkommissar hinein. Doch Edgar Schaaf drehte ab.

„Nein, warte mal", erwiderte der Kripo-Mann. „Bring´ mich lieber zuerst zum Tatort, beziehungsweise zu der ominösen Fundstelle der Leichen. Du hast doch eine Taschenlampe?"

„Dort oben wirst du nicht mehr viel zu sehen bekommen", wandte Jacques ein. „Die Körper und Gebeine der Frauen sind abtransportiert worden. Aber wenn du meinst?"

„Das lass´ mal meine Sorge sein. Hast du jetzt eine Taschenlampe oder nicht?"

Nach der Hälfte der Strecke durch das Gras waren ihre Hosenbeine bis zu den Knien durchnässt. Als sie beim eisernen Tor eintrafen, quietschte es in den Schuhen. Edgar Schaaf stampfte unwillig mit den Stiefeln auf und brummte: „So eine verdammte Scheiße."

Jacques zerkaute eine Antwort mit den Zähnen.

Wie vom tiefer gelegenen Haus zu sehen gewesen war, hingen von den Absperrbändern nur noch Fetzen herum. Des Weiteren hatte man sich offenbar keine Mühe gemacht, den Stollen als Tatort mit einem Polizeisiegel am eisernen Tor als Warnung vor unbefugtem Zutritt zu kennzeichnen. Oder das Siegel war durch den Regen aufgeweicht und abgefallen. Das Torschloss selbst war noch immer nicht instandgesetzt und erwies sich als unverschlossen.

„Warst du das?", fragte Edgar Schaaf, wies auf das defekte Schloss und zog ein Blatt Papier aus der Innentasche seiner Lederjacke. „Wo rohe Kräfte sinnlos walten, was?"

Jacques indes ließ sich nicht einschüchtern. „Ohne diese Kräfte lägen die armen Frauen heute noch in ihrem kühlen Grab", antwortete er. „Was hast du vor?"

„Nun, ich habe nach den Angaben der KTU Baden-Baden einen Plan des Stollens erstellt. Darin ..."

„Entschuldige, wenn ich dich unterbreche, aber was ist eine KTU?"

Edgar Schaaf glotzte ihn an, als hätte er einen Pennäler vor sich. „Guckst du keine Krimis im Fernsehen?", fragte er ungläubig.

„Wir haben keinen Fernseher", gestand Jacques und empfand das nicht als Defizit.

Es verstrichen einige Sekunden, bevor Edgar Schaaf antwortete: „Kriminaltechnische Untersuchung. Abkürzung KTU. Also zum Plan: Darin habe ich die Stellen eingezeichnet, an denen die KTU Spuren gefunden und Objekte sichergestellt hat, die zum einen für den Tathergang und zum anderen für die Ermittlungen relevant sein könnten. Davon möchte ich mir heute ein eigenes Bild machen."

„Okay, verstehe", sagte Jacques.

„Dann ist gut. Noch eins: Wenn ich um Ruhe bitte, dann möchte ich nicht gestört werden. Also kein unnötiges Gerede oder irgendwelche Fragen und so weiter. Dafür ist hinterher noch Zeit. Betreten wir nun die Gruft der toten Frauen."

Edgar Schaaf öffnete den Torflügel so weit wie möglich. Dann betraten sie den Stollen, und Jacques schaltete die Taschenlampe ein. Der bedrückenden Stimmung des Ortes bewusst, schritten sie beinahe andächtig nebeneinander her, bis der Lichtkegel der Taschenlampe an das Ende des Stollens stieß.

Jacques hielt vor Anspannung den Atem an. Eine Illusion gaukelte ihm Bilder vor, auf die er in dieser Wucht nicht vorbereitet war. „Ich dachte, die Frauen sind weg", stieß er hervor. Der Taschenlampenstrahl zitterte. „Aber ich sehe sie."

„Wie viele siehst du?", fragte der Kommissar.

„Eine. Genau wie beim ersten Mal", antwortete er erregt.

„Ruhig, Jacques", sagte Edgar Schaaf in sanftem Ton. „Sie **sind** weg. Dein Kopf spielt dir einen Streich."

Jacques kniff sich an der Nasenwurzel und rieb die Augen.

„Was empfindest du sonst noch?" Edgar Schaaf hielt das Blatt Papier ins Licht.

„Entsetzen", kam es wie aus der Pistole geschossen.

Edgar seufzte: „Ja, das kann ich gut nachvollziehen." Dann räusperte er sich und sagte: „Mir scheint, du besitzt eine seltene Gabe. Du kannst in die

Vergangenheit sehen. Ich arbeite übrigens manchmal nach dem gleichen Prinzip. Es funktioniert nicht immer, aber einen Versuch will ich auch heute probieren. Jetzt achte bitte auf den Plan. Hier, wo wir uns jetzt befinden, wurde der Körper der Frau abgelegt, den Lotta und du entdeckt haben. Sie wurde, was anhand der vorhandenen oder nichtvorhandenen Kleidungsstücke anzunehmen ist, definitiv ermordet, wahrscheinlich auch missbraucht. Aber der Fundort ist nicht der Tatort.

Zu der zweiten Frau, die ihr nicht sehen konntet, gehört eine völlig andere Geschichte. Lass´ uns zur Tür zurückgehen. Ich zeige dir etwas."

Dort angekommen, nahm Edgar Schaaf die Taschenlampe in die Hand und leuchtete die Torflügel aus.

„Siehst du es? Hier und dort? Die Kratzer? Auch am Türschloss?"

„Mein Gott, ja", ächzte Jacques. „

„Trotz all der Jahre kann man es noch erkennen. Hier hat jemand verzweifelt versucht, von drinnen nach draußen zu kommen. Die KTU hat am Boden nicht nur Partikel von abgebrochenen Fingernägeln gefunden, sondern auch Scherben einer Flasche. Einer Weinflasche, wohlgemerkt. Die Frau, die hier drinnen gewesen war, hat um ihr Leben gekämpft, mit allem was sie hatte. Und jetzt kommt´s: An einer der Scherben hat sich das Etikett erhalten. Das Etikett einer Weinflasche der Winzergenossenschaft Obertalhalden aus dem Jahre 1988. Verstehst du, was das heißt?"

Jacques blieb vor Erschütterung stumm.

„Ja, genau. Die zweite Frau ist wahrscheinlich im Jahre 1989 in diesem Stollen verdurstet und verhungert. Sie kam nicht hinaus, weil das Tor verschlossen war. Bleibt die Frage: Wie kam sie hinein?"

Jacques saß bei geöffneter Haustür am Küchentisch und wartete auf den Kommissar. „Geh´ du schon mal voraus", hatte der gesagt. „Ich werde noch ein paar Minuten hier im Stollen verbringen. Vielleicht streift mich eine Intuition und die Frauen treten mit mir in Verbindung. Dazu brauche ich Ruhe."

„Glaubst du an … *solchen Mist* …", hatte er auf der Zunge gehabt, sich jedoch rechtzeitig bremsen können, „… solche Sachen?"

Edgar Schaaf hatte die Miene verzogen: „Es ist keine Frage des Glaubens. Es **ist**!", hatte er geantwortet und Jacques aus dem Stollen geschoben.

Er goss eine Daumenbreite Bourbon in ein Glas und schaute zur Tür. Endlich sah er den Kommissar den Hang herunterkommen. Wenig später ließ sich Edgar Schaaf auf den Stuhl gegenüber plumpsen, zog die Hosenbeine etwas hoch und die Stiefel aus.

„Ah, Fußbodenheizung. Herrlich", seufzte er vor Wonne und bewegte die Zehen in den nassen Socken. „Hast du mir auch einen? Whiskey meine ich?"

Jacques dachte augenblicklich an die gefährliche Allianz zwischen Motorradfahren und Alkoholgenuss, behielt den Einwand aber für sich. „Klar." Er stand auf, um ein Glas zu holen. „Du kannst aber auch einen Kaffee haben." *Zumindest anbieten muss ich es ihm.*

„Netter Versuch", grinste ihn Edgar Schaaf unverschämt an. „Einen darf ich." Dabei lümmelte er sich breit auf dem Stuhl, als würde er demnächst hier einziehen. „Wenn du etwas Zeitungspapier hättest, damit ich die Stiefel ausstopfen kann, wäre ich dir dankbar."

Jacques beeilte sich mit der Erfüllung des Wunsches und setzte sich wieder. „Und? War was mit Intuition?" Das honigfarbene Getränk gluckerte ins Glas.

„Nicht unmittelbar, was aber nichts zu sagen hat. Oft kommt sie später. Nachts, zum Beispiel. Wichtig war mir, die Atmosphäre aufzunehmen."

Jacques forschte im Gesicht seines Gastes nach Anzeichen eines versteckten Scherzes, entdeckte jedoch nur Ernsthaftigkeit und wechselte die Perspektive: „Warum 1989?"

Edgar Schaaf drückte das Papier in die Stiefel und antwortete: „Das Etikett, das die KTU gefunden hat, klebte auf einem billigen Weißwein. Massenprodukt. Diese Art Weine werden in der Regel im Jahr nach der Abfüllung auf den Markt geworfen. Unter fünf Euro die Flasche oder unter drei Euro – je nachdem."

„War die Frau bekleidet? Konnte man Rückschlüsse daraus ziehen?"

Edgar Schaaf nippte am Glas. „Gut, dass du danach fragst: Sie trug eine damals neue *Levi's Jeans 501*. In einer der Gesäßtaschen hatte sie die Kaufquittung eines Wiener Jeansladens aufgehoben. In einer Folie. Vermutlich als Souvenir. Kaufdatum übrigens fünfzehnter September 1989. Die anderen Kleidungs-stücke, darunter ein roter Anorak, stammten aus DDR-Produktion, inklusive der Schuhe. Sonst hat man keine Hinweise auf eine Herkunft gefunden. Weder Ausweis, noch Geldbörse, noch Gepäck noch sonst etwas. Möglich, dass ihre Taschen geleert wurden, als man die andere Frau über sie gelegt hat."

„Eine Ostdeutsche also?" Jacques geriet allmählich in Hitze.

Der Kommissar bestätigte: „Vermutlich, ja. Es gab noch eine Besonderheit: Ihre Leiche, beziehungsweise das Skelett, hat man in einer embryonalen Schutzhaltung vorgefunden. Das heißt, sie hat sich selbst so hingelegt und ist in dieser Haltung gestorben."

„Und die andere Frau? Wann und wie ist die andere Frau gestorben?"

Edgar Schaaf gab seine legere Sitzposition auf und legte beide Unterarme auf den Tisch. „Unter Vorbehalten sagen die Forensiker 2012. Genickbruch. Definitiv keine Tat im Affekt. Also Mord."

„Apropos Forensiker. Talhaldens Bürgermeister meinte, es seien sogenannte Schädelforscher zur Herkunftsklärung hinzugezogen worden."

„Darüber weiß ich nichts. Bevor man solche Spezialisten bemüht, versucht man normalerweise über die Zähne der Opfer die Herkunft einzugrenzen. Es gibt da von Land zu Land unterschiedlich Qualitätsstandards bei den Zahnbehandlungen. Stichwort: Amalgam. Die Frau stammt demnach aus Osteuropa. Balkanstaaten, genauer gesagt. Ihr Alter wird auf fünfundzwanzig bis dreißig Jahre bestimmt. Und wenn du nach der Kleidung fragst – sie trug ja nur T-Shirt, Bluse und BH – ist es Discounterware aus hiesigen Geschäften, die die Leute von ihrem hart verdienten Geld billig kaufen. Billiger noch als in ihrer Heimat. Man denkt da sogleich an Zeitarbeiterinnen für die Landwirtschaft, und so wird es vermutlich auch sein."

„Und die Frauen, die Ostdeutsche wie die andere, werden nirgendwo vermisst?" Jacques´ Stimme klang nach Empörung.

Edgar Schaaf lächelte. „Es ist eine Krux. Sicher werden sie irgendwo von irgendwem vermisst. Aber das Geflecht der Organisationen zur Vermittlung von Zeitarbeitern und -arbeiterinnen ist so komplex wie dubios. Menschen, und ich rede nicht von Einzelpersonen, sondern von Armeen von Menschen, werden wie Schachfiguren hin und her geschoben. Der Einzelne zählt nichts. Rechtsstaatliche Vorschriften und Maßnahmen werden wie störender Sand im Getriebe beim Abwickeln ihrer Geschäfte betrachtet. Wer nicht mehr da ist, wird sofort durch jemanden anderen ersetzt. Es gibt Tausende die warten. *Business as usual*. Und weißt du, was passiert, wenn der deutsche Spargelbauer zur Polizei kommt und eine Arbeiterin als vermisst meldet?"

„?" Jacques zuckte mit den Schultern.

„Genau. Nichts." Mit den letzten Worten schaute Edgar Schaaf auf eine kostspielig aussehende Armbanduhr der Preisklasse *Rolex*, *Breitling* oder ähnlich luxuriöser Marken und erhob sich vom Stuhl. „Ich muss los", sagte er, inspizierte seine Motorradstiefel, die nicht wirklich trocken sein konnten, und schlüpfte widerwillig hinein. „Danke für den Whiskey. War ´n guter Schluck. Wir bleiben wegen dieser Sache in Verbindung. Inoffiziell natürlich. Meine Nummer hast du ja jetzt."

Zwei Minuten später bollerte Edgar Schaaf mit der *Harley-Davidson* die Straße hinunter.

Die Jeans passte wie angegossen. Es war einfach Verlass darauf. Weltweit. Außer in der DDR. Eine Farbe, drei Nummern. *501/29/26. Levi´s* natürlich.

Eigentlich war Manu überhaupt nicht pingelig. Sie hatte von Kindesbeinen an gelernt, mit dem auszukommen, was zu haben war. Die Jagd nach den neuesten Errungenschaften, ob sie Mode oder Unterhaltungselektronik betrafen, konnte sie nicht nachvollziehen. Was sie an Musik gern hörte, nahm sie mit einem Mikrofon direkt vom Radio auf ein herkömmliches Tonbandgerät auf. Einen tragbaren Kassettenrekorder mit Kopfhörer hatte sie beispielsweise nicht besessen. Bei ihrem Beruf kam es ohnehin nicht gut an, vor den Kindern in flippigen Klamotten rumzulaufen, weil sie darin gleich als unangepasst gegolten hätte. Die Angst vor Rebellion war allgegenwärtig, und man wusste nie, welche Eltern vielleicht einen Draht zu den Leuten der Staatssicherheit unterhielten. Manu jedenfalls fiel es nicht schwer, sich in gewissen Dingen zu beschränken.

Woher nun das Faible für diese besondere Hose rührte, konnte sie rational nicht erklären. Nur dass sie ganz oben auf einer Liste stand, deren Existenz sie selbst unter strengster Befragung und unter Androhung von Schmerzen nicht gestanden hätte.

Es war die zweite Frage gewesen, die sie nach der Frage nach einem freien Bett in der Jugendherberge gestellt hatte: „*Wo kann ich eine Original Levi's kaufen?*"

Und jetzt, am nächsten Tag, besaß sie diese Hose, *stonewashed*, und sie würde sie, außer zum Schlafen, oder wenn die Jeans gewaschen werden musste, nie wieder ausziehen. Den Kassenzettel bewahrte sie, in Folie eingeschweißt, wie eine Reliquie in der Gesäßtasche auf.

Das Frühstück in der Jugendherberge war für ihre Verhältnisse üppig gewesen. Auf ihre Bitte nach Verpflegung für unterwegs hatte man ihr zwei belegte Brötchen gerichtet.

Derart versorgt, trieb sie sich, die alte Hose im Rucksack, die neue Jeans am Hintern, eine Weile im Bezirk um den Stephansdom umher. Sie strich durch die Gassen, betrat etliche Geschäfte und Läden, gönnte sich in einem Straßencafé ein Früchteeis und eine heiße Schokolade und fragte sich, warum sie sich nicht richtig wohl fühlen konnte. Schließlich war sie seit vorvorgestern ein freier Mensch, sie hatte keine Verpflichtungen, jede Menge Zeit und eine vage Vorstellung von ihrer Zukunft.

Unfreiwillig hörte sie der Unterhaltung zweier Männer zu. Einheimische. Und dann fiel bei ihr der Groschen. Es war die Sprache, die sie störte. In ihren Ohren klang sie schmierig, und falls es sich um den berühmten Wiener Schmäh handeln sollte, hielt sie ihn für ordinär. Ja, sogar für vulgär.

Das war nichts für Manu, denn jetzt, da sie dem Grund ihres Anstoßes auf die Spur gekommen war, lauschte sie unabsichtlich, aber vielleicht gerade deswegen, mit geschärften Sinnen auf die Sprache. Ihr Fazit fiel ernüchternd aus: Hier konnte sie nicht bleiben, wollte sie nicht täglich mit sich im Clinch liegen und sich unnötig ärgern. Und sowieso zählte Österreich nicht gerade zu ihren bevorzugten Top-Adressen. Sie wollte doch nach Westen, und wenn man sich stur an die Geografie hielt, dann lag die Alpenrepublik ziemlich genau südlich von der DDR. Warum den Aufenthalt also künstlich verlängern?

Aus einem Prospektständer vor einem Souvenirladen ergatterte sie einen Stadtplan und suchte darauf den Weg zum Hauptbahnhof. Dort bestieg sie einen ICE der Deutschen Bahn mit Bestimmungsbahnhof Frankfurt (Main), über Passau, Regensburg, Nürnberg, Würzburg, und schloss sich, um Geld für eine Fahrkarte zu sparen, in einem WC-Abteil ein.

Samstag, 26. September 2015

Nachdem der Kommissar fort war, blieb Jacques weiterhin am Tisch sitzen. Er fühlte sich ausgelaugt und leer. *Genickbruch.* Soviel wusste auch er, dass zu solch einem Befund ein Vorsatz gehörte.

Es war das Undenkbare, das ihn auf dem Stuhl festhielt. Es hatte schon immer Verbrechen gegeben, durch alle Jahrhunderte und Jahrtausende, die der Mensch als vernunftbegabtes Wesen den Planeten bevölkerte. Aber noch nie war es so nah an ihn herangetreten. Er spürte den eisigen Hauch des Verbrechens förmlich im Nacken.

Er dachte an die Kausalität von Zusammenhängen. Hatte es sein müssen, dass er jährlich nach Hamburg gefahren war, um beim letzten Hamburgbesuch eine gewisse Charlotta kennenzulernen? Lotta, deren Neugier dazu geführt hatte, dass sie den verfluchten Stollen betreten hatten? Warum immer das gleiche Ritual in Hamburg? *Kunsthalle? Maritimes Museum? Miniatur Wunderland? Fish and Chips and Beer?* Wäre alles anders abgelaufen, wenn er zum Beispiel jeweils nur drei Tage in Hamburg verbracht hätte? Hieße das im Folgeschluss: Lotta nicht gefunden, Leichen nicht gefunden?

Wer steuerte die Bewegungen aller sieben Milliarden Menschen? Wer erfand diese Geschichten, dass sie gerade so geschahen wie bei Jacques? War eventuell gar nicht er es, der aktiv über sein Leben entschied, sondern irgendein Denker mit riesigem Kopf und entsprechendem Hirn, der an irgendwelchen Strippen zog und zukünftige Ereignisse bereits in die

Wege leitete, die irgendwann in ferner Vergangenheit ihren Anfang genommen hatten?

„Was **machsch** du denn hier am hellen Mittag für ein griesgrämiges Gesicht?" Lotta war nach Hause gekommen und riss ihn aus den fruchtlosen Grübeleien. „Und wo **isch** der Kommissar? Schon wieder weg?"

„Lotta! Meine Güte, ich habe dich überhaupt nicht kommen hören."

Sie setzte sich auf den Stuhl, auf dem Edgar Schaaf vorher gesessen war und nahm Jacques Hände in die ihrigen. „Das habe ich gemerkt. Was **isch** passiert? Du **wirksch** so – durch den Wind."

Er schnaufte tief ein und aus. „Ach, nichts. Es ist … die Welt. Sie hat … ein … hässliches Gesicht."

Sie drückte seine Hände ein bisschen. „Weltschmerz? Oh, das **isch** schlimm", sagte sie mit warmer Stimme und badischem Akzent.

„Ja. Die Menschen … sie sind …"

„Hässlich!"

„Ja, hässlich", bestätigte Jacques.

„Die Verbrechen. Das Böse im Menschen, **gell**?"

„Unerträglich", konstatierte er. „Du natürlich nicht. Du bist …"

„Deine Frau?" Lotta guckte ihn herausfordernd an.

„Das habe ich doch irgendwann schon einmal gehört, will mir scheinen", sagte er hellhörig geworden, aber mit schneller werdendem Puls. „Hat das System oder …?" Er hielt den Atem an.

„Oder?" In der Luft zwischen ihnen knisterte es.

Jacques vermasselte die Chance. Sein Blick geriet ins Wanken und er atmete aus. *Feigling*, schalt er sich. *Du elender Feigling. Sie wirft dir den Köder hin, und du verweigerst ihn. Oder anders ausgedrückt: Sie bietet dir praktisch das Doppelbett auf dem Serviertablett an. Feigling, Feigling und nochmal Feigling.* Stattdessen fing er an zu stottern: „Du … äääh … ich … du …"

„Ach Jacques", seufzte Lotta. „Du **bisch** so ein lieber Kerl. Ich glaube, du **weisch** gar nicht, wie gut du **bisch**."

Jetzt entflammte sein Gesicht rot. „Lotta, ich …"

„Pschscht, Jacques", rettete sie ihn aus der Verlegenheit. „Ich weiß."

Lotta wusste tatsächlich, wie es um ihn stand. Sie sah es ihm an den Augen an. Und wenn sie ganz ehrlich sein wollte, wusste sie es bereits seit der Stunde ihrer ersten Begegnung in Hamburg. Die Augen – zwei Lichtschächte direkt in sein Herz.

Sie erinnerte sich daran, dass sie ihn um ein Haar verpasst hätte. Dort auf dem Bahnsteig des Hauptbahnhofs, und somit ihr Glück. Aber der verrückte Kerl hatte nicht lange gefackelt und einfach die Notbremse gezogen. Für sie. Die gescheiterte Charlotta.

Was er in ihr gesehen hatte, konnte sie nicht mit Bestimmtheit sagen. Sie war achtundvierzig Jahre alt, also neun Jahre jünger als er, und für sich besehen noch respektabel in Schuss, was die äußere Fassade anbelangte. Nicht klassisch schön, aber durchaus vorzeigbar, wie sie meinte. Gut, ihre Haare verlangten jeden Monat eine Farbauffrischung, doch ansonsten war sie mit ihrer Figur recht zufrieden.

Vielleicht, rätselte sie, *habe ich seinem Idealbild von einer Frau entsprochen* und glaubte mal gelesen zu haben, dass die ersten fünf Sekunden einer Begegnung über Sym- oder Antipathie entschieden. Wenn dem so war, dann könnten Jacques und sie als lebendes Beispiel dafür herhalten. Jedenfalls fühlte sie sich bei ihm ausgesprochen wohl und hatte ihre Hals-über-Kopf-Entscheidung noch keinen einzigen Augenblick bereut.

Sie suchte für sich nach dem Schlüssel, der **ihr** Anstoß gewesen war, Hamburg und ihr bisheriges Leben hinter sich zu lassen. Des Einen war sie sicher: Wenn Jacques ihr damals unsympathisch gewesen wäre – sie wäre niemals zu ihm in den Nachtzug gestiegen. So viel Urteilsvermögen und Selbstachtung hatte sie schon besessen. War es bei ihr demnach der vielzitierte Urinstinkt gewesen, im richtigen Moment in ihm den Mann zu erkennen, der allein für sie gemacht war?

Innerhalb von wenigen Wochen hatten sie gemeinsam eine neue Zukunft für sie aus dem Boden gestampft: Die Nähstube. Ein Glücksfall, das war klar, aber alles passte so perfekt zusammen, dass sie sich manchmal kneifen musste, um es wahrhaben zu können. Das Geschäft florierte, und nebenbei hatte sie als i-Tüpfelchen ein paar Freundinnen gewonnen.

Was vor gut drei Monaten noch wie das Ende der Fahnenstange ausgesehen hatte, nämlich ein Leben auf der Straße, hatte sich über Nacht, sprichwörtlich im Nachtzug, zum Guten gewendet.

Überhaupt fühlte sie sich in Jacques Baracke mit dem übersichtlichen Raum geborgen. Er strahlte eine heimelige Wärme aus. Dadurch, dass es außer zum abgeteilten Badezimmer- und Toilettenbereich keine Türen gab, wirkte der offene Raum größer als er in Zahlen ausgedrückt wirklich war. Der einzige Makel bestand darin, dass zum Schlafen, zumindest für Jacques, ein Notquartier herhalten musste. Die Couch.

Jacques war für einige Minuten aus dem Haus gegangen. Lotta nutzte diese Zeit rasch für einen Telefonanruf.

„Brockenstube *Handkerchief*, Hank Schiefer am Apparat.“

„Hallo Hank, hier **isch** Lotta. Du **weisch** schon. Von Lottas Nähstube.“

„Klar. Hallo Lotta. Wie kann ich dir helfen?“

„Ja, das **kannsch** du vielleicht, beziehungsweise Jacques und mir, hihihi. **Hasch** du zufällig ein Doppelbett auf Lager?“

Lotta war ein bisschen enttäuscht. *Es wäre auch zu schön gewesen*, dachte sie. *Aber wenn es so ist, dann ist es halt so.* Immerhin hatte Hank Schiefer versprochen zurückzurufen, wenn er denn mit einem Bett aufwarten konnte. „Du stehst zuoberst auf der Liste“, hatte er gesagt.

Lotta ging vors Haus, um nach Jacques Ausschau zu halten. Sie fand ihn an der Hausecke in gebückter Haltung über einem Schacht im Boden stehen, mit einer Taschenlampe hineinleuchtend. „Was **machsch** du da, mein Lieber?"

Er richtete sich auf. „Der Regenwasserschacht. Manchmal sammelt sich Laub da unten an, das vom Dach gespült wurde. Das fische ich raus, bevor es das Ablaufrohr verstopft. Aber heute ist es gut." Er knipste die Taschenlampe aus und wuchtete den Schachtdeckel über das Loch. „Was ich dich fragen wollte: Die Frau, die neulich in der Nähstube vom Unfall ihres Sohnes gesprochen hatte …"

„Irene."

„Ja, Irene. Ist sie eigentlich verheiratet?"

„Warum **fragsch** du?" Lotta schob ihren Arm vertrauensvoll in seine Armbeuge und dirigierte ihn sachte zur Haustür zurück.

„Ja nun, ich kann mir vorstellen, dass es mit einem erwachsenen behinderten Sohn nicht einfach ist, allein zu sein. Außerdem beschäftigt mich dieser Unfall, seit Edgar Schaaf hier gewesen ist sehr. Was heißt beschäftigt: Es ist eine Jahreszahl, über die ich gestolpert bin, und auf der kaue ich jetzt herum."

„Komm´, geh´n wir rein, und du **erzählsch** mir, was dich umtreibt. Ich glaub´ mich **fröschtelt´s.**"

„Da weiß ich ein gutes Gegenmittel:", sagte er. „Heißer Tee mit Honig für dich, und ein Glas *Steifer Grog* für mich."

Lotta lachte: „Hahaha, das **hasch** du dir aber fein ausgedacht. Ich würde sagen, umgekehrt **isch** auch gefahren." Der badische Zungenschlag hatte sich fest bei ihr eingenistet.

Auf dem Couchtisch dampften zwei Gläser *Steifer Grog*. Edgar hatte die Bettdecke zur Seite geräumt, damit sie nebeneinander auf dem Sofa sitzen konnten. Lotta schlürfte mit gespitzten Lippen vom heißen Getränk.

„Ui, ganz schön stark, das Zeug." Sie hauchte den Dunst aus. „Für einen Nicht-Friesen gar nicht schlecht. Da wird mir ganz heiß unter dem Dach." Sie stellte das Glas ab. „So, Jacques, nochmal von vorne. Du **hasch** von einer Jahreszahl gesprochen. Was hat es damit auf sich?"

Er räusperte sich. „Hhrrmmhh, ja. Also Edgar Schaaf hat die Zahl genannt. 1989. Das ist lange her. Er bezog das Jahr auf die tote Frau, die wir beide nicht gesehen hatten. Und zwar wurden in dem Stollen hinter dem Tor Scherben einer Weinflasche entdeckt, und auf einer dieser Scherben klebte noch ein Etikett mit dem Jahrgang des Weines 1988. Verkauft erstmals 1989.

Laut den Kriminaltechnikern und Forensikern kann das durchaus das Todesjahr der Frau sein. Nach so langer Zeit lässt sich das nicht mehr definitiv bestimmen. Deswegen halten sie die Spur über das Flaschenetikett für realistisch."

„Das verstehe ich. Aber was hat das mit Irene zu tun?"

Jacques lehnte sich zurück. „Erinnerst du dich, was sie am Montag gesagt hatte? Ihr Sohn war achtzehn Jahre alt, als er verunglückte. Sie hatte nicht erwähnt, wann es war. Aber dass er heute vierundvierzig Jahre als sei, das hatte sie gesagt. Wenn man jetzt zurückrechnet, dann ist er 1971 geboren. 1971 und 18 ergibt nach Adam Riese und seiner Schwester Eva Zwerg 1989. Da haben wir es wieder. 1989. Reiner Zufall, oder was denkst du?"

Lotta antwortete erst, nachdem sie sich einige Sekunden lang gesammelt hatte. „Die arme Irene. Ich kenne sie ja nicht von früher, sondern nur von der Nähstube und vom Frauenkreis her. Eine stille Frau. Sie **isch** Witwe. Das weiß ich von den anderen, nicht von ihr **selbscht**. Ich habe da aber aus **Reschpekt** nicht nachgebohrt." Sie ließ sich neben Jacques in die Rückenpolster sinken, legte die Hände in den Schoß und schmiegte sich an ihn. „Du **meinsch**, es gibt da einen Zusammenhang? Zwischen Ronny und der zweiten Frau?"

Jacques zuckte die Schultern. „Die theoretische Möglichkeit besteht. Und da ich, wie ich mich kenne, keine Ruhe finden werde, bis ich es entweder weiß oder es ausschließen kann, möchte ich gerne mit Irene sprechen. Würdest du mich dabei begleiten?"

Lotta gewährte sich zwei Atemzüge, um zu antworten. „Ja, schon, aber **findesch** du nicht, dass das die Kriminalpolizei machen sollte?"

Jacques meldete Zweifel an. „Ich glaube, dass du den kürzeren Draht zu Irene hast, wenn du verstehst, was ich meine. Aber klar: Später muss man dann schon die Polizei einschalten."

Lotta überlegte kurz: „Warte einen Moment", sagte sie dann, stand auf und kramte in ihrer Handtasche. Mit einem Notizbuch kam sie auf die Couch zurück. „Hier. Ich habe ihre Telefonnummer. Irene heißt übrigens Schlick mit Nachname. Soll ich sie gleich anrufen?"

Jetzt war es Jacques, der einen Augenblick nachdachte. „Ja, warum nicht?", entschloss er sich. „Vielleicht hat sie sogar heute noch Zeit. Hast du auch ihre Adresse?"

„Alles in meinem schlauen Buch", prahlte sie und klappte das Notizbuch zu.

Irene Schlick wohnte in einem Bilderbuch-Fachwerkhaus mit angrenzender Scheune. Die Giebelfassade war mit wildem Wein überwuchert, der zur Herbstzeit in allen Farbschattierungen zwischen gelb und rot leuchtete. Zwischen der Straße und dem Gebäude kümmerte ein etwas vernachlässigter Kräutergarten vor sich hin, was seinem Charme jedoch keinen Abbruch tat. Den Hauseingang erreichte man über drei ausgetretene Sandsteinstufen. Zwei von der Tür aus nach unten parallel laufende Eisenschienen dienten augenscheinlich als Rampe für einen Rollstuhl. Mittig über der Tür war die Hausnummer angebracht: Nummer vier. Sandgrubenweg. Sie waren richtig.

„Jacques, Lotta, kommt rein", empfing Irene sie. „Kopf einziehen, bitte. Die Türen sind niedrig. Gleich links die erste Tür."

Nicht nur die Querbalken der Türen waren niedrig, sondern auch die Zimmerdecken. *Ein Mann von der Gestalt eines Edgar Schaaf würde Schwierigkeiten haben, hier aufrecht zu stehen*, dachte Jacques. *Aber gemütlich ist es hier.*

Der Raum, den sie betreten hatten, war vermutlich das Wohnzimmer. Es wurde beherrscht von einem prächtigen alten Kachelofen in Flaschengrün. Auf der Ofenbank döste eine getigerte Katze, die die Neuankömmlinge schlichtweg ignorierte. Auf dem zentralen Tisch stand Kaffeegeschirr bereit.

„Setzt euch", forderte Irene sie auf. „Schenkt euch selber ein. Ich bringe gleich den Apfelkuchen. Frisch gebacken."

Wenig später trug Irene mit dem Stolz der Bäckerin den Kuchen herein. Er duftete göttlich nach Äpfeln und Zimt. Flink hatte sie ein Messer parat und teilte den Kuchen in gleich große Stücke.

„Der Lieblingskuchen meines Sohnes", sagte sie. „Nehmt euch, gell?"

Nachdem sich jeder mit Kaffee und Kuchen versorgt hatte, fragte Jacques: „Ist er da, dein Sohn?"

„Mhm", erwiderte Irene kauend. „In seinem Zimmer. Samstagnachmittags guckt er leidenschaftlich gerne Fußball im Fernsehen. Da lässt er sich nicht stören. Ein Mannsbild halt."

„Verstehe. Sehr gut, dein Kuchen, Irene. Ein Gedicht. Aber weshalb wir hier sind – Lotta hat es am Telefon bereits erwähnt – ist Ronnys Unfall vor sechsundzwanzig Jahren. 1989, nicht wahr? Übrigens danke, dass du mit uns darüber sprechen willst. Das ist nicht selbstverständlich und für dich bestimmt nicht leicht, auch nicht nach so vielen Jahren. Weißt du noch mehr darüber als das, was du vergangenen Montag in Lottas Nähstube erzählt hast?"

„Darf ich mit einer Gegenfrage antworten? Ihr kommt doch nicht nur wegen Ronnys Unfall hierher. Da steckt doch mehr dahinter. Was ist der Grund für euern Besuch?"

Lotta und Jacques wechselten einen raschen Blick. Dann übernahm zunächst Lotta das Reden. „Du **hasch** recht, Irene. Aber wir wissen selber noch nicht genau, ob Ronnys Unfall mit dem Tod einer der Frauen aus dem Brauereistollen in Verbindung steht."

Irene schreckte auf. „Was? Ihr meint doch wohl nicht, dass mein Ronny etwas mit dem Verbrechen zu tun hat? Also wenn ich das gewusst hätte, dann hätte ich euch nicht ..."

Lotta ließ die Freundin nicht ausreden. „Nein, es **isch** nicht so, wie du **denksch**, Irene. Eine der Frauen **isch** mit Sicherheit ermordet worden. Jedoch viel später nach Ronnys Unfall. Damit hat er nichts zu tun. Nein, es geht um die andere Frau. Sie **isch** allem Anschein nach im gleichen Jahr gestorben, in dem sein Unglück passierte. Wir suchen nach einer möglichen Verbindung. Ob sie sich eventuell gekannt haben könnten. Wir wollen da keine Schuld zuweisen oder so, sondern nur herausfinden, was geschehen sein könnte. Das dürfte dich schließlich auch interessieren. Um Klarheit zu erlangen, **verstehsch** du? Zu wissen, warum."

Irenes Gesicht wandte sich dem Gekreuzigten in der Zimmerecke zu und sprach eher zu ihm als an Lotta gerichtet: „Ronny hat nie etwas darüber gesagt. Hat auch keine Fragen den Unfall betreffend beantwortet. Nur ein einziges Mal hat er etwas gesagt, das wir nicht hatten zuordnen können. Damals hatte mein Mann noch gelebt. Ronny hatte gesagt: *Marion ist jetzt in Spanien.* Mehr nicht, und mehr war auch später nicht aus ihm herauszukriegen. Wir, beziehungsweise ich weiß bis heute nicht, wen er mit Marion gemeint haben könnte. Es gab kein Mädchen in Talhalden oder Durlangen mit diesem Namen. Er hat nie wieder etwas über sie gesagt. *Marion ist jetzt in Spanien.*"

Jacques ließ unterdessen seine Augen durch das Zimmer wandern. Eine typische gemütliche Bauernstube mit alten Tapeten, Möbeln und dem obligatorischen Herrgottswinkel. Sie saugten sich an einer gerahmten Fotografie fest, die auf einer Kommode stand. Ein Mann im Rollstuhl, umringt von Feuerwehrleuten in Uniform. Irene bemerkte Jacques´ Gespanntheit. „Das ist Ronny mit seinen Kameraden von der freiwilligen Feuerwehr. Das Bild wurde anlässlich seines vierzigsten Geburtstags aufgenommen. Er war ja schon als Jugendlicher bei der Feuerwehr engagiert und hatte an diesem Tag die Ehrenmitgliedschaft erhalten."

„Darf ich es mal anschauen?", fragte Jacques freundlich interessiert.

Irene stand auf und holte das Bild an den Tisch.

Jacques betrachte das Bild intensiv. „Da hatte er doch sicher Freunde", sagte er. „Gleichaltrige Feuerwehrkameraden. Wie steht es denn heute so mit Freunden? Hat er noch Kontakt zu einigen von ihnen?"

„Ja, natürlich. Er geht einmal die Woche zum Feuerwehrdepot und trifft sich dort mit ihnen. Und er hat es in all den Jahren kein einziges Mal versäumt, wenn er nicht gerade mal irgendwo zu Untersuchungen oder zu einer Reha gewesen war."

„Kannst du uns möglicherweise den einen oder anderen Namen geben? Oder zumindest den Namen seines engsten Freundes? Ach so, Irene, und wenn du uns bitte das genaue Datum seines Unfalls nennen könntest, wären wir dir dankbar und wir lassen dich in Ruhe." Damit beendete Jacques das anstrengende Thema und deutete zum Kachelofen. „Wie heißt eigentlich die gemütliche Katze auf der Ofenbank? Wir überlegen nämlich, so einen Stubentiger bei uns aufzunehmen, nicht wahr, Lotta?"

Strapazieren durfte Manu das Glück nicht. Bereits mehrfach war die Türklinke des WC-Abteils gedrückt worden, das sie seit Wien beharrlich besetzt hielt. Nach zweieinviertel Stunden, hatte sie im ausliegenden Faltblatt *Ihr Zugbegleiter* gelesen, sollte der Zug die Grenzstadt Passau erreichen. Dort würde sie aussteigen und zum ersten Mal westdeutschen Boden betreten. Aber augenblicklich lechzte sie nach einer Zigarette, getraute sich aber nicht, eine anzuzünden. Sie argwöhnte, dass die Deutsche Bahn Rauchmelder in den Zugtoiletten installiert hatte.

Der Zeiger der Bahnhofsuhr tickte unaufhaltsam auf die Fünf zu. Noch war es zu hell, um von Abend zu sprechen, doch die Schatten wurden zunehmend länger.

Manu tappte rauchend und unmotiviert vor dem Bahnhofsgebäude hin und her. Mit der davorliegenden Straße und dem angeschlossenen Europaplatz war die Anlage eher praktisch als idyllisch. Manu empfand sie als nackt und abweisend. Dominiert wurde der Platz von einer erst kürzlich errichteten Bronzeskulptur, die die griechisch-mythologische *Europa mit Stier* darstellte. Leider verstärkte das Kunstobjekt die strenge Kargheit des Platzes zusätzlich. Manu dachte bei ihrem Anblick automatisch an die amerikanischen Mondlandefähren, die einsam in der Ödnis auf dem Erdtrabanten zurück-geblieben waren. Da vermochten auch die drei mickrigen Bäumchen, die am jenseitigen Rande des Europaplatzes ihr Dasein fristeten, den gewonnenen Eindruck nicht zu verbessern.

Am *Servicepoint* der DB hatte sie zwar einen Stadtplan und die Adresse der nächsten Jugendher-berge erhalten, doch würde sie dort erneut Geld ausgeben müssen, und das wollte ihr nicht in den Kram passen. Es ging nicht, dass sie jeden verdamm-ten Tag bloß für ein Dach über dem Kopf ihre Rei-sekasse angreifen sollte, die ohnehin nicht üppig war. Auf diese Weise würde sie nicht weit kommen.

Die österreichischen Schilling hatte sie bei einer Wechselstube in der Bahnhofspassage in D-Mark gewechselt. Nachdem sie in der Bahnhofshalle eine Bratwurst gekauft hatte, blieben ihr noch sechshun-dertsiebenunddreißig Mark übrig.

Immerhin, stellte sie fest, gab es unter den Bäum-chen beim Europaplatz eine Sitzgelegenheit. Sie schlenderte mit der Bratwurst hinüber und ging so-mit den Menschenmassen, die aus oder in das Bahn-hofsgebäude strömten, aus dem Weg. Es war Frei-tag, Feierabendzeit, und alle waren in Eile. Manu war das zu hektisch.

Bei der Gelegenheit fiel ihr auf, dass der Europa-platz die Funktion einer Überbauung für die darun-ter befindliche Straße darstellte.

Die Bratwurst triefte vor Fett, schmeckte aber sensationell gut. Manu ignorierte die Spatzen, die vor und neben ihr auf ein paar abfallende Krumen hofften, und beobachtete eine sechsköpfige Gruppe junger Leute, die eine beladene Handkarre diversen Inhalts mit sich zogen und auf dem Europaplatz direkt vor ihrer Nase Vorbereitungen für eine Aufführung trafen. Wie es den Anschein hatte, nicht zum ersten Mal, denn nach und nach bekamen sie Zulauf weiterer Personen, Zuschauer wohl oder Freunde, die über die Aktion informiert sein mussten. Die meisten kamen über eine Treppe von der tiefer gelegenen *unteren* Bahnhofstraße. Manu zählte sie nicht, aber es durften um die vierzig Personen sein.

Im Handumdrehen stellten die Akteure zwei Paravents auf und rollten eine Plane aus, auf der sie wahrscheinlich agieren würden.

Manu auf ihrem Sitzplatz befand sich gewissermaßen hinter den Kulissen, denn die Aufführung fand aus ihrer Sicht auf der anderen Seite der Paravents statt, die den Schauspielern mehr oder weniger als Garderobe und Requisitenraum dienten. Manu kriegte also *backstage* hautnah mit, wenn der oder die eine oder die oder der andere das Kostüm oder ein Instrument wechselte.

Zu den Leuten von der Theatertruppe, denn als solche stellten sie sich heraus, zählten drei kleine

Kinder im Vorschulalter, die sich artig unter dem nächststehenden der drei Bäumchen niederließen.

Es wurde ein Spektakel geboten. Laut und skurril, mit Trompete und Saxophon, und selbst der ostdeutschen Manu wurde ziemlich schnell klar, dass die Schauspieler eine Parodie auf die aktuelle Politikprominenz der Bundesrepublik Deutschland gaben. Ach was, eine Persiflage war es, bei der besonders Bundeskanzler Helmut Kohl sein Fett abbekam, aber auch Hans-Dietrich Genscher, der vor einem Jahr verstorbene Franz Josef Strauß, der aktuelle bayrische Ministerpräsident Max Streibl und, als Vertreter der DDR, natürlich Erich Honecker.

Nach einer halben Stunde war der Klamauk beendet, eines der Kinder sammelte mit einem Hut die verdiente Gage ein, und im Nu war die provisorische Bühne wieder abgebaut und auf der Karre verstaut.

Eine schwarzhaarige Frau des Ensembles sprach Manu an: *„ Und? Hat's dir gefallen?"*

„ Ja, sehr gut", antwortete sie freundlich.

Die Schauspielerein nickte und fragte dann: *„ Kannst du auch was? Tanzen? Ein Instrument?"*

„ Flöhe hüten", gab Manu zurück.

„ Flöhe?"

Manu grinste. *„ Kinder. Ich bin Kindergärtnerin."*

Die junge Frau hielt in der Bewegung inne. *„Du kannst mit Kindern?"*

„Hab´ ich gelernt."

Die Frau musterte sie nachdenklich. *„Warte mal"*, sagte sie dann, ging zu ihrer Truppe, redete mit ihnen und deutete mit dem Daumen über die Schulter auf Manu. Und auf einmal sah Manu sich im Zentrum des allgemeinen Interesses. Alle sechs, drei Frauen und drei Männer, kamen auf sie zu. Auch die Kinder sprangen vom Nachbarbäumchen herbei.

„Du bist also Kindergärtnerin." Das war keine Frage, sondern eine Feststellung. Der Typ, der Manu ansprach, ein langer Schlacks mit Holzfällerhemd und langen braunen Haaren, legte einer der Frauen den Arm um die Schultern. Auch eines der anderen Paare stand händchenhaltend beisammen, während die Schwarzhaarige und der dritte Mann in keiner vertrauten Beziehung zu stehen schienen.

„Ja, warum fragst du?"

„Du bist von drüben, hab ich recht? Eine von denen, die über die ungarische Grenze geflohen sind."

„Wie kommst du darauf?", fragte Manu spitz.

„Dein Tonfall", antwortete er bloß.

„Gut. Du hast mich erwischt. Aber was willst du von einer Kindergärtnerin?"

Seine Frau oder Freundin übernahm die Antwort: *„Hör´ zu. Wir haben heute Abend noch einen Auftritt in der Altstadt. Dort sind immer viele Leute und es* wird auch bald dunkel. Du könntest auf unsere Kinder aufpassen."

Damit hatte Manu nicht gerechnet. „Okay, auf ... die ... Kinder ... aufpassen", wiederholte sie mit Bedacht. „Und ... was noch?"

Das Holzfällerhemd war wieder an der Reihe. „Du kannst bei uns übernachten, wenn du willst", sagte er. „Oder hast du schon ein Zimmer?"

Manu schüttelte langsam den Kopf.

„Du kannst auch übers Wochenende bei uns bleiben", lockte er sie. „Wir haben mehrere Auftritte."

„Und auf die Kinder aufpassen?"

„Unser Angebot. Ist deine Entscheidung", sagte er. „Wie heißt du eigentlich?"

„Jule."

„Also überleg's dir, Jule."

Aus dem Wochenende waren zwei Wochen geworden.

Manu verdiente zwar kein eigenes Geld, bekam aber Kost und Logis gratis. Irgendwie profitierten alle von der Abmachung.

Es waren Studenten, die zwecks Kostenteilung eine WG gegründet hatten. Wie Manu richtig vermutet hatte, bestand die WG aus zwei Paaren mit insgesamt drei Kindern, und zwei Einzelpersonen. Manu schlief bei der schwarzhaarigen Anne in deren Zimmer.

Die Leute kamen recht gut miteinander aus. Waren alle zu Hause, sorgte meistens Micha für Unterhaltung. Er war ein begnadeter Stimmenimitator und schlüpfte nach Belieben in die Rollen bekannter Persönlichkeiten, egal ob Künstler oder Politiker.

Zur Finanzierung von Studium und Miete arbeiteten sie alle in Teilzeit. Somit war Manu tagsüber mit den Kindern oft allein. Was kein Problem für sie darstellte, denn das war ja ihr Job. *Gewesen,* dachte sie. Fanden Auftritte der Gruppe statt, unter der Woche meistens abends und dann wurde es in der Regel spät, brachte sie die Kleinen auch zu Bett.

Das unkomplizierte Arrangement fand für Manu allerdings ein unerwartetes Ende.

Es war am Samstag, dreißigster September. Bis auf Anne saßen bereits alle am Frühstückstisch. Als sie kam, warf sie Manus Geldbörse in die Mitte. „Du hast uns belogen", sagte sie aufgebracht. „*Ich habe deinen Ausweis gesehen. Du heißt gar nicht Jule, sondern Manuela.*"

In der Runde wurde es schlagartig still.

„*Was hast du dazu zu sagen?*", fragte Anne kalt.

Manu war geschockt. „*Was ... was wühlst du in meinen Sachen herum? Ist es nicht egal, wie ich heiße?*"

„*Ist es nicht*", antwortete Anne energisch. „*Du hast unsere Gutmütigkeit ausgenutzt. Wir haben dir die Kinder anvertraut. Und wenn schon dein Name eine Lüge ist, dann bist du vielleicht auch keine Kindergärtnerin. Ich verlange, dass du gehst."*

Sie wurde vor die Wohnung geschickt. Man würde den Fall diskutieren und danach über ihren Verbleib abstimmen. Doch Manu kam der für sie peinlichen Entscheidung zuvor. Sie schnappte ihre Geldbörse, holte den Rucksack und die Jacke aus Annes Zimmer und verschwand ohne letzten Gruß.

„Was sollte denn deine Frage wegen der Katze? **Hasch** du das gar im **ernscht** gemeint? Eine Katze bei uns aufnehmen? Bei dem großartigen Platzangebot, das wir ihr zu bieten haben? Denk´ da lieber nochmal drüber nach, mein Lieber."

Jacques überging Lottas Einwand leichthin und kam stattdessen ohne Umschweife auf sein Hauptanliegen zu sprechen. „Dreißigster September 1989." Er ließ das Datum im Kopf seine Anziehungskraft entfalten. „Dreißigster September, Lotta. 1989. War zu jener Zeit nicht ein weltpolitischer Umbruch im Gange?"

„Das **kannsch** du laut sagen. Ausgelöst 1986 durch Michail Gorbatschows **Glasnoscht-** und **Pereschtroika**-Politik, in deren weiterer Verlauf es zur Zerschlagung der Sowjetunion gekommen war. In der Folge, 1989, die friedliche und gewaltfreie Revolution in der DDR, und die Massenflucht von DDR-Bürgern über die Tschechoslowakei und Ungarn nach dem **Weschten**, die am Ende zur Wiedervereinigung Deutschlands geführt hatten. Ja, das kann man schon als Weltpolitik bezeichnen."

„Hm, dann passt doch die junge Frau mit der in Wien gekauften *Levi´s 501* und den DDR-Klamotten in die Zeit und ins Bild. Aber wie hat es sie dann von Wien nach Talhalden verschlagen?"

Sie näherten sich der *Nagelschmiede* und Lotta registrierte, wie Jacques´ Schritte zum Eingang hin zielstrebiger wurden. *Gleich wird er sagen, dass wir uns ein Bier genehmigen sollten*, dachte sie und zählte die Sekunden. *Eins, zwei, drei ...*

„Lass´ uns das bei einem gepflegten Bier bequatschen", schlug er vor.

... vier. Huch, wie gut ich ihn mittlerweile kenne, schmunzelte sie in sich hinein.

Die Hänseleien seitens der Stammtischbrüder, als da Frieder, Manni, Schorsch, Paul und ein unbekannter Fünfter mit Cordhut saßen, wurden gemeiner und dreckiger. „Hallo, Herr Schabrack! Lässt sich deine alte Matratze eigentlich gut vögeln?" Die Ritter von der Tafelrunde kicherten asthmatisch. „Schabrack bumst Schaluppe in seinem Schuppen. Haha, das reimt sich sogar."

Jacques legte schützend seinen Arm um Lottas Schultern und drängte sie zur Theke hin. „Hör´ einfach nicht hin", raunte er ihr ins Ohr.

Lotta hingegen handelte unerwartet. Sie wand sich elegant aus der Umarmung, warf selber die Arme um Jacques´ Hals und küsste ihn demonstrativ vor aller Augen innig auf den Mund. Dann löste sie sich von ihm und baute sich vor dem Stammtisch auf.

„So, meine Herren", sagte sie so scharf wie ein Schlachtermesser. „Sehr richtig. Der Schabrack bumst mich. Und zwar so toll, dass ich behaupten kann, dass keiner von Ihnen mithalten könnte. Wollen wir doch mal sehen, was die feinen Herren vom Stammtisch an Unzulänglichkeiten so zu bieten haben. Aufstehen! Alle miteinander! Und dann die Schwänze auf den Tisch. Auf geht´s! Was **isch** los? Keine Eier in der Hose? Wer hat den **Längschten**?"

Einer, und zwar der Cordhutträger, stand tatsächlich auf. Aber nicht um den Hosenschlitz zu öffnen, sondern um sich schleunigst zu verdrücken.

„Aha", kommentierte Lotta den Abgang ätzend. „Der **isch** schon mal ausgeschieden. Was **isch** mit den anderen vier? Wer hat den **Dickschten**?"

Frieder, Manni, Schorsch und Paul kostete es viel von der roten Gesichtsfarbe und noch mehr Schweiß, so zu tun, als stünde Lotta gar nicht vor ihnen. Und die hörte einfach nicht auf zu provozieren.

„Frieder? Wie sieht es bei dir aus? Oder bei Manni? Kurz oder lang? Schorsch? Paul? Nein? Keine **Luscht** auf einen Wettbewerb? Oder habt ihr **Angscht** vor mir? **Angscht** vor der Schaluppe? Ha! Dacht´ ich mir. Elende Feiglinge!" Lotta drehte sich angewidert um und brüllte lautstark durch die Kneipe: „Herr Wirt? Bedienung? Die Herren vom Stammtisch haben keinen **Durscht** mehr. Sie wollen bezahlen und gehen."

Was zumindest drei der Herren vom Stammtisch, und somit der harte Kern, freilich nicht taten. Nur Paul schien Lottas Aufforderung persönlich zu nehmen und verließ die Runde bald darauf und beinahe fluchtartig mit steifem Genick.

Lotta und Jacques beschränkten ihren Kneipenaufenthalt deshalb auf die Dauer eines Bieres an der Theke. Die innere Ruhe für eine ernsthafte Unterhaltung wollte sich nach Lottas Auftritt nicht mehr einstellen. Zu sehr waren sie bedacht, nach hinten zu lauschen, ob vom Stammtisch noch weitere Zündfunken durch die Kneipenluft zu ihnen abgefeuert wurden. Doch wo sonst der Polemik Tür und Tor offenstanden, schien das Bedürfnis, sich auf Kosten anderer zu vergnügen, einen gewaltigen Dämpfer erlitten zu haben. Wenn überhaupt, bediente man sich zur dürftigen Verständigung einer Art Knurrsprache, unterlegt mit Zischlauten.

Nach Hause unterwegs wurde Lotta geradezu von Lob überschüttet. „Ganz großes Theater, Lotta. Glänzende Vorstellung. Spontan und aus dem Stegreif und völlig ohne Probe." Jacques zog seine Kappe vom Kopf. „Hier, ich ziehe meinen Hut vor dir."

Lotta hängte sich an seinen Arm. „Dabei **isch** mir der Arsch gewaltig auf Grundeis gegangen, das **kannsch** mir glaube."

„Ach was!", spielte Jacques den Erstaunten.

„Haja, **besondersch** als ich dich geküsst hab´."

Jetzt grinste er, als hätte er soeben von einem Lottogewinn erfahren. „Genau das war die Szene, die mir am besten gefallen hat."

„Echt jetzt? Aber es war eigentlich nur zur **Demonschtration, verstesch**?"

Jacques blieb stehen. „Ach!", rief er aus, „ich bin so ein Glückspilz, dass ich gerade zur rechten Zeit an der richtigen Stelle gewesen bin."

„Kleiner Spinner", tadelte sie ihn gutmütig. „Komm´ mal her. Ich **demonschtrier´s** dir nochmal."

Jacques war nicht unbedingt ein Großmeister der edlen Küche. Um zum Beispiel einer Soße den

Geschmack zu verleihen, den sie seiner Meinung nach haben sollte, rührte er gerne mal Instant-Gemüsebrühe unter. Und auch Lotta war in dieser Beziehung nicht etepetete. Was sie in den ungefähr vier Monaten ihres Hierseins zu schätzen gelernt hatte, waren die vielfältigen Einkaufsmöglichkeiten. Neben den üblichen Supermärkten existierten fast unzählige Bauernhof- und Bioläden, die frische Ware überwiegend aus eigenem Anbau feilboten. Was sie in Hamburg an Obst und Gemüse bekommen hatte, war in der Regel selten frisch und zudem schweineteuer gewesen. Man hatte im Grunde nie gewusst, woher die Ware kam, und die Verkäufer mit ihren Ständen auf den Wochenmärkten hatten im Leben nie eine Ackerscholle aus der Nähe gesehen.

Sie versuchten sich erstmalig an einer *Ratatouille*, jenem Gericht aus Tomaten, Auberginen und Paprika. Unbekümmert schnippelten sie drauflos, das Kochbuchrezept lediglich als Unfallverhütungsanleitung gelesen. Hauptsache, die grobe Richtung stimmte.

„Zwiebel hinein?", fragte Lotta.

„Unbedingt", meinte Jacques. „Oder kannst du dir eine *Ratatouille* ohne Zwiebel vorstellen? Ich nicht."

„Ich liebe dieses Wort: *Ratatouille. Ra – ta – touille*. Ich glaub', ich werd' Französin."

Er wechselte ohne Netz und Balancierstange das Standbein und das Thema. „Ich möchte mit diesem Lars reden. Wie heißt er gleich nochmal? Ronny Schlicks Freund?"

„Lars Rucker."

„Danke, ja. Mit Lars Rucker. Wenn´s geht, morgen schon. Warum weinst du?"

„Die Zwiebel", schniefte sie. „Verdammt stark."

„Es gibt einen Trick", sagte er. „Man nimmt beim Zwiebelschneiden einen Schluck Wasser in den Mund. Dann brennt es nicht so in den Augen."

„Das **isch** mir neu. Dann kann ich ja nicht mehr reden."

Jetzt griente er frech: „Das ist ein willkommener Nebeneffekt."

Lotta guckte ihn schräg an. „Pass´ auf, du Küchenexperte. Ich hab´ ein scharfes Messer in der Hand." Sie zeigte ihm die blanke Klinge. „Aber weiter im **Tegscht**. Lars Rucker also. Was **versprichsch** du dir davon?"

„Moment." Er legte das Gemüsemesser zur Seite, wusch und trocknete die Hände, schaltete das Handy ein und suchte die Kalenderfunktion. „Dreißigster September 1989, hatte Irene genannt. Das war … ein Samstag. Ich kann mir vorstellen, dass junge Leute hierzulande sich samstags mit Freunden getroffen haben. Du hast ja Nadja gehört: Dass sie Wert darauf legt, mit ihren Freundinnen feiern oder tanzen zu gehen. Das war bestimmt damals ebenfalls so. Man verabredete sich und ging zusammen aus. Vielleicht auch die Freunde Lars und Ronny. Du kannst die Zwiebel jetzt andünsten."

„Worauf **willsch** du hinaus? Auf eine mögliche Verbindung zwischen Lars und der jungen Frau?"

„Weißt du was? Ich schneide auch die Zucchini in Stücke und werfe sie zum anderen Gemüse. Das kann mal nicht verkehrt sein, okay? Tja, wie ich vorhin schon erwähnt habe, wäre es theoretisch möglich. Ich glaube nicht, dass Irene über jeden Schritt ihres Sohnes Bescheid wusste. In dem Alter, in dem er war? Achtzehn? Da wissen die wenigsten Eltern, was ihre Kinder treiben und wo sie sich aufhalten. Wenn es einer weiß, dann sein bester Freund."

Im Schmortopf brutzelten die Zwiebeln. Im Nu stiegen deren Aromen in die Luft. „So weit, so gut", sagte Lotta, und meinte sowohl das duftig glasige Ergebnis im Topf als auch Jacques´ Überlegungen. „Aber in welche Richtung zielen deine Absichten? Ob dieser **beschte** Freund etwas weiß, was Ronnys Mutter entgangen **isch**?"

Er zuckte mit den Schultern. „Das, hoffe ich, wird sich herausstellen, wenn wir mit Lars gesprochen haben. So, Obacht jetzt. Das Gemüse kommt. Und dann wird es Zeit für den Reis."

Autobahn A 3, Auffahrt Passau Richtung Nürnberg.

Blondinen gehen immer, dachte Manu, als der Sattelzug bremste und zum Stehen kam. *Spedition Pottasch,* wie sie nebenbei registrierte.

Sie rannte die zwanzig Meter zum Führerhaus, riss die Tür auf und kletterte flink auf den Beifahrersitz.

„*Na, Lady, wo soll's hingehen?*", fragte der Fahrer, ein Mann vom Typ *Kris Kristofferson* mit markantem Gesicht und graumeliertem Vollbart.

Ich glaub', ich verhör' mich grade. So spricht der Westen. Lady hat mich noch nie einer genannt, dachte Manu. „*Egal, nur weg von hier*", antwortete sie.

„*Dann Tür zu und ab geht die Post*", sagte er und legte den ersten Gang ein. Aus den Lautsprechern in der Fahrerkabine drang ungewohnte Country-Musik. „*Wie heißt du?*"

Sie räusperte sich. „*Vor einer Stunde hab' ich noch Jule geheißen. Darf ich hier rauchen?*"

Er klappte einen Aschenbecher am Armaturenbrett auf. „*Na, dann wirst du jetzt wohl auch noch Jule heißen, nehme ich an.*"

Sie zündete eine Zigarette an. Nach ein paar Zügen fragte sie: „*Wohin fahren Sie?*"

Er rückte seine Brille zurecht. „*Heute nach Südwestdeutschland zu meiner Spedition in Durlangen*",

sagte er, „*und am Montag mit einer Ladung Obstpa-*
letten nach Spanien."

„*Super. Genau dort will ich hin.*"

„*Nach Durlangen?*"

„*Genau. Und am Montag nach Spanien.*"

Er grinste breit. „*Okay, Lady. Spedition Pottasch*
in Durlangen. Aber du musst früh aufstehen. Um
sechs Uhr fahr´ ich los. Warten kann ich nicht,
okay?"

Manu nickte und lächelte. Das Tempo war
schwindelerregend. Nicht das des Trucks, sondern
das ihrer Aussichten. Die Zukunft flog auf sie zu wie
der Mittelstreifen auf der Autobahn. „*Okay, abge-*
macht."

Sonntag, 27. September 2015

Es existierte ein zweites Neubaugebiet in Talhalden, neueren Datums als die Bebauungen entlang des Wäschbachs. Es lag im westlichen Flachland zwischen Mehrzweckhalle und Eisenbahnlinie.

Hier war Jacques noch nie gewesen. Es waren durchweg Einfamilienhäuser, überwiegend Fertigbauten des regionalen Platzhirsches in diesem Bausegment.

Da Baugrund in den letzten Jahren, was die Quadratmeterpreise betraf, durch die Decke geschossen waren, hatte man die Parzellen seitens der Gemeinde klein gehalten, um jungen Familien eine finanzierbare Perspektive zu bieten. Entsprechend dicht standen die Häuser beisammen. Man konnte dem Nachbarn jeweils, wie man sagte, auf den Teller gucken.

Lars Rucker mit seiner Familie bewohnte eines dieser Häuser. Kiebitzweg vierzehn, wie er am Telefon gesagt hatte.

Jacques enthielt sich einer Bewertung der Wohnanlage. Es stand ihm nicht zu, die Entscheidung junger Leute für die Erfüllung ihres Lebenstraums *Eigenes Häuschen im Grünen* zu diskreditieren. Er hätte ohne Weiteres das Geld gehabt, für sich ein vergleichbares Haus hinstellen zu lassen. Allein, er war nicht der Typ für mehrere Zimmer inklusive zweier Bäder. So wie er wohnte, war ihm gerade recht.

„Ich würde unsere Baracke nicht für ein solches Eigenheim eintauschen wollen“, sagte Lotta unabhängig von seinen eigenen Gedanken. „Bei uns **isch´s** gemütlicher, **gell**?"

Jacques brummte Zustimmung. „Durch dich wird unsere Baracke zu einem Schloss. Unvergleichlich."

Da wurde Lotta auf einmal ganz still. Nach einer Weile, Jacques hatte seine Worte schon fast wieder vergessen, seufzte sie gerührt: „Das **hasch** du schön gesagt, Jacques. Sehr schön. Danke."

Dann bogen sie ab, schlenderten vorbei an pieksauberen Mini-Vorgärten und gepflasterten Garageneinfahrten. Es war Sonntagvormittag, elf Uhr, die Straße wie ausgestorben. Weder Autoverkehr noch spielende Kinder. Hier gab es nichts, das auf gewachsene soziale Strukturen hindeutete. Die Häuser könnten jedes einzelne für sich genauso gut an einem entlegenen Ort oder allein auf dem Mond stehen. Aber vielleicht entwickelte sich aus der Zusammenballung von Wohngemeinschaften ja noch so etwas ähnliches wie ein intaktes Wohnviertel. Ein Kiez.

„Da vorne **isch** es. Nummer vierzehn", bemerkte Lotta und wies mit dem Kopf die Marschrichtung. „Schau, der Fahrräder nach, die vor dem Haus liegen, müssen sie Kinder haben."

„Ja, ich seh´s. Kleine Fahrräder, kleine Kinder."

„Spätberufene Eltern, wenn man davon ausgeht, dass Lars über vierzig Jahre alt sein muss."

„Was nicht ausschließt, dass er eine junge Frau geheiratet hat", antwortete Jacques. „Ich glaub´, das ist er schon."

Zur Nummer vierzehn gehörte anstelle einer Garage ein *Carport*. Ein Mann war dort zugange und belud den Kofferraum eines Kombifahrzeugs mit Kunststoffkisten und einem Netz voller Fußbälle. Als er der Spaziergänger gewahr wurde, schloss er die Heckklappe und wandte sich den beiden zu.

„Sie müssen Lotta und Jacques sein", sagte er und warf einen Blick auf seine Armbanduhr. „Pünktlich auf die Minute."

„Ja, das sind wir, Herr Rucker", antwortete Lotta freundlich. „Na, geht's zum Sport?"

Er lächelte. „Die *Kids*. Sie haben heute Nachmittag ein Fußballturnier. Ich bin der Trainer der Bande, und als solcher bist du praktisch Mädchen für alles. Vom Waschen der Trikots bis zum Aufpumpen der Bälle. Aber es ist okay." Er visierte die Haustür an. „Gehen wir rein?"

Beim Betreten des Hausflurs wogte ihnen der Duft von Gegrilltem entgegen. „Meine Frau kocht gerade", sagte Lars unnötigerweise. Es roch intensiv nach Hähnchenfleisch, und in diesem Moment kam auch die Köchin aus der Küche. Lotta erkannte, dass Jacques mit seiner Version der Elternschaft richtig gelegen hatte. Die Frau war mindestens zehn Jahre jünger als Lars, wenn nicht mehr.

Sie war ein sportlicher Typ mit kurzen braunen Haaren und einem ovalen hübschen Gesicht.

„Das ist meine Frau Kathrin", stellte Lars sie vor. „Schatz, das sind Lotta und Jacques, die heute Vormittag angerufen haben. Sie wohnen im ehemaligen Hundesportlerheim."

„Ich weiß, wo das ist", antwortete sie. „Hallo miteinander. Wenn Sie wollen, können Sie mitessen. Es ist genug für alle da."

„Sehr freundlich, aber nein, danke", erwiderte Jacques. „Wir haben selber einen Braten auf kleiner Flamme im Ofen. Wir wollten mit Lars bloß ein paar Worte über frühere Zeiten wechseln."

„Wegen Ronny", erklärte Lars. „Du weißt schon. Von dem ich dir erzählt habe."

Kathrin nickte. „Aber was zu trinken darf ich Ihnen anbieten, oder? Wasser oder ein Bier?"

Lotta hatte ein Wasser gewählt und Jacques ein Bier. Lars hatte sie ins modern eingerichtete Wohnzimmer gebeten. Klare Linien und glatte dunkelgraue Flächen dominierten den Raum. Kein überflüssiger Schnickschnack, aber auch keine Regale, und somit keine Bücher. Auf einem Element der Wohnwand standen Fotos von der Familie und den Kindern. Über der in grau gehaltenen Couch hing eine selbstklebende wandeinnehmende Grafik: Die Darstellung eines schweren Motorrades.

Lotta übernahm die Aufwärmphase: „Wie alt sind Ihre Kinder? Entschuldigen Sie die Nachfrage, aber wir haben die Fahrräder draußen gesehen. Sie gehen noch zur Schule?"

Lars´ Miene erstrahlte im Vaterstolz. „Myriam und Martin. Ein Zwillingspärchen. Acht Jahre alt."

„Und beide spielen Fußball?", fragte Lotta.

„In einer Mannschaft", lächelte Lars. „Unter Kindern geht das."

Lotta war der Ansicht, dass sie jetzt als Eisbrecherin ausgedient hatte und schubste Jacques an. „Komm´ zur Sache, mein Lieber. Ronny."

Jacques nahm einen Schluck aus der Flasche. „Wenn´s recht ist, möchte ich zum Du übergehen. Danke, dass du uns empfangen hast, Lars. Übrigens schön habt ihr es hier.

Also: Dreißigster September 1989. Ronnys Unfall. Kannst du uns darüber vielleicht Näheres berichten als seine Mutter? Sie hat dich als besten Freund Ronnys beschrieben."

Auch Lars nahm zuerst einen Schluck aus der Pulle. Dann faltete er die Hände wie zum Gebet. „Wir waren achtzehn Jahre alt und hatten beide ein Motorrad gekauft. Kleine hundertfünfundzwanziger Enduros, wenn dir das etwas sagt. Geländegängige Maschinen. Schnell wie ein Blitz. Ronny hatte seins fürs Abi bekommen, ich meins vom Lehrlingsgeld bezahlt.

Dreißigster September bis erster Oktober. Bierzelt, Blasmusik, Rummelplatz. Karussells, Autoscooter, Schießbuden, Losstände, Bratwurst, Magenbrot, Zuckerwatte. Du kennst das ja. Für uns Dörfler natürlich das jährliche Großereignis. In Durlangen war Oktoberfest …"

Montag, 28. September 2015
Jacques bereitete sich bekleidungsmäßig auf einen Kurztrip nach Durlangen vor. Sein Ziel war das

Polizeirevier, um entweder mit dem Beamten sprechen zu können, der 1989 Ronnys Unfall aufgenommen und bearbeitet hatte, oder, falls dies nicht möglich sein sollte, um diesbezügliche Akteneinsicht zu bitten.

Für die kältere Jahreszeit besaß er zwei dickere Varianten der Nadelstreifenanzüge aus dem *Secondhandladen*. Die rote Baseballkappe jedoch blieb jahraus jahrein dieselbe. Er plante, den Schulbus um acht Uhr dreißig zu erreichen.

Lotta war noch keine Viertelstunde aus dem Haus, als sein Telefon klingelte. *Hat sie etwas vergessen?*, fragte er sich, als er ihren Namen auf dem Display las: „Lotta? Was gibt´s?"

„Jacques, du musst sofort herkommen!" Ihre Stimme klang nach Entrüstung, und in der Erregung vergaß sie auch den badischen Einschlag. „Diese Sauerei musst du dir selber angucken. Ich rufe in der Zwischenzeit die Polizei an. Kommst du?"

„Natürlich. Was ist los?"

„Komm´ her und schau es dir an!" Aufgelegt.

Er sah den Menschenauflauf schon von Weitem. Lotta im Kreise ihrer Nähstubenfrauen, nebst der einen oder anderen Passantin, die sich auf dem Gehsteig vor Lottas Schaufenster drängten und Kriegsrat zu halten schienen.

Dann war er heran. Wie von Geisterhand kehrte Ruhe ein und öffnete sich der Tumult zu einer Gasse, durch die er freie Sicht auf den Grund der Empörung erhielt. In großen Lettern stand in weißer Farbe quer über das Schaufenster geschmiert:

Das wirsd du noch büsen!

Lotta warf sich aufgewühlt an Jacques Brust. „Danke, dass du so schnell gekommen **bisch**. Das **isch** doch eine bodenlose Gemeinheit. Wer tut sowas?" Da war er wieder, der Akzent.

Jacques streichelte ihren Rücken. „Nicht nur eine Gemeinheit, sondern auch eine Bedrohung. Außerdem mit Rechtschreibfehlern: **wirsd** anstelle **wirst**, und **büsen** anstatt **büßen**. Ich kann mir schon denken, wer das war. Hast du die Polizei informiert?"

Sie nickte an seiner Schulter. „Sie werden jeden Moment hier sein."

„Gut. Dann erstatten wir eine Anzeige, auch für den Fall, dass nichts dabei herauskommt. Aber die Schweine sollen wissen, dass wir uns zu wehren wissen."

„Du **denksch** an die Stammtischbrüder", stellte Lotta fest.

„Klar, an wen sonst?", erwiderte er. „Aber da wir keine Beweise vorweisen können, vermeiden wir die direkte Schuldzuweisung. Wir äußern gegenüber der Polizei nur einen Verdacht. Den Rest sollen dann die Beamten machen."

Die Streifenwagenbesatzung traf im gleichen Moment ein, in dem Jacques′ anvisierter Schulbus an Lottas Laden vorbeirauschte.

Die Prozedur der Anzeigenaufnahme war rasch erledigt. Ein Bagatellfall, wie er tagtäglich passierte.

Während der ältere Beamte, ein von jahrelangem Streifendienst bandscheibengeschädigter korpulenter Mann, Lottas Angaben aufzeichnete, fotografierte der jüngere das Schaufenster. Auf Lottas fragende Augenbrauen antwortete der Polizist: „Wenn nicht zufällig ein Zeuge einen der von Ihnen verdächtigten Personen am Tatort gesehen hat und ihn wiedererkennt, können Sie die Anzeige in den Kamin schreiben."

„Das haben wir uns schon gedacht, dass es so sein wird. Aber da Sie schon mal hier sind:", nahm Jacques die Gelegenheit wahr. „Die Beamten, die 1989 einen Unfall aufgenommen haben – befinden die sich noch im Dienst? Oder kann ich als Privatperson Akteneinsicht zu einem Unfall in jener Zeit verlangen?"

„Puh, das ist lange her", blies der Beamte die Backen auf. „Mit Akteneinsicht wird es ohne hinreichende Begründung schwierig. Aber der damalige Chef der Verkehrsabteilung lebt noch. Günter Hebel. Hebel wie der alemannische Dichter. Wenn Sie wollen, sende ich Ihnen eine SMS mit seiner Adresse."

Mit Günter Hebels Adresse auf dem Handy erwischte Jacques den letzten Schulbus des Vormittags, der von Talhalden nach Durlangen fuhr. Bevor er jedoch den pensionierten Polizisten um Auskunft bitten wollte, stattete er dem Büro der *Badischen Zeitung* einen Besuch ab. Denn auch Jacques hatte die Schmiererei am Schaufenster fotografiert. Und er ließ es sich nicht nehmen, das Bild in einem Inserat mit folgender Buchstabenreihe zu veröffentlichen: *DbddhkPukA*. Jeder Schüler kannte den Hintersinn dieser

Abkürzung. *Dumm bleibt dumm, da helfen keine Pillen und kein Arzt.*

Ob allerdings diejenigen, auf die das Inserat gemünzt war, jemals den Anzeigenteil einer Zeitung lasen, wagte Jacques zu bezweifeln. Dennoch. Insgeheim bereitete der Scherz ihm eine klammheimliche Freude.

In der Schönholzstraße wohnten mit Sicherheit Menschen, die es im Leben nicht so gut getroffen hatten. Vielleicht am deutlichsten sichtbar an den Autos, die am Straßenrand parkten. Hier wohnten die Leute mit der Armut unter einem Dach. Leute, die mit jedem Cent rechnen mussten und Übung darin besaßen, mit einem Minimum über die Runden zu kommen. Von Monat zu Monat. Selten darüber hinaus. Das Wort *ultimo* besaß hier eine gnadenlose Bedeutung. Bis dorthin musste man planen; bis dorthin musste es einfach reichen, bevor ein neuer Zyklus begann.

Nachdem Jacques den Klingelknopf an Günter Hebels Tür gedrückt hatte, dauerte es eine Weile, bis er dahinter Anwesenheitsanzeichen eines Bewohners hörte. Dabei waren es Geräusche, die Jacques mit dem berüchtigten und einbeinigen Schiffskoch und Pirat *Long John Silver* aus dem Buch *Die Schatzinsel* von *Robert Louis Stevenson* assoziierte, wenn dieser über das Deck der *Hispaniola* stakste. Tock, schlurf, tock, schlurf, tock. Dann klirrte ein Schlüsselbund, ein Türschloss wurde gedreht, und drei Riegel aufgezogen. Die Tür öffnete sich einen Spalt, ein Auge spähte wachsam heraus.

„Jacques Brasseur?" Die Stimme eines starken Rauchers.

„Ja. Herr Hebel?"

„Moment noch." Als letzte Sicherheitsvorkehrung wurde eine Kettensperre entriegelt. „So, jetzt können Sie rein." Günter Hebel trat zurück, gab der Tür einen Stoß und den Blick in einen dunklen Flur frei. „Entschuldigen Sie die Umstände, Herr Brasseur, aber es ist wegen des Gesindels. Nichts als Pack hier in der Gegend. Hier entlang." Er drehte sich schwerfällig um und humpelte mit einem Krückstock als Gehhilfe voraus. Tock, schlurf, tock, schlurf, tock. „Machen Sie die Tür zu und folgen Sie mir einfach."

Er geleitete Jacques in sein Wohnzimmer und ließ sich schwer in einen abgewetzten Ledersessel fallen, der frontal zu einem überdimensionierten Flachbildfernseher ausgerichtet war. Jacques nahm auf einem ramponierten Sofa Platz.

Jacques unterdrückte den Impuls, sich allzu auffällig nach der Einrichtung umzusehen. Er schlug bequem die Beine übereinander, lächelte und signalisierte so dem Gastgeber, dass er von einem Kulturschock weit entfernt war. Dessen ungeachtet schien es Günter Hebel nicht ganz wohl in der Haut zu sein.

„Ich bin schon lange geschieden", schnaufte er heftig und beschrieb mit dem Krückstock einen weiten Bogen in der Luft, was Jacques mehr oder weniger als Aufforderung nahm, die Wohnverhältnisse gefälligst zu registrieren. Also die gelbstichigen Tapeten, die Spinnweben in den Ecken und die behandlungsbedürftigen Böden und Möbel. „Meine Frau hat es mit mir nicht mehr ausgehalten. Haben Sie gewusst, dass die Beamten der Unfallpolizei im Laufe der Dienstjahre mehr Leichen zu sehen bekommen als die Kommissare von der Mordkommission? Ja, so ist es. So etwas zeichnet einen, ob man will oder nicht."

Jacques wies auf den Krückstock. „Was ist passiert?"

„Raucherbein", gab Hebel freimütig zu und zeigte auf einen vollen Aschenbecher mit schmiedeeisernem Fuß, der neben dem Sessel stand. „Hab´ es nie lassen können. Jetzt bin ich fünfundsiebzig und demnächst hilft mir auch der Stock nicht mehr."

Jacques sah die Resignation in Hebels Augen, aber auch das Begehren nach einer Zigarette. Dieser Mann hatte mit dem Leben abgeschlossen. Dementsprechend legte er auf sein Äußeres auch keinen Wert mehr. Das volle graue Haar war fettig und straff nach hinten gekämmt. Die Zähne so gelb wie die Fingerspitzen der rechten Hand. Das blaue T-Shirt voller Asche- und Essensflecken. Die Ärmel der Strickweste an den Ellenbögen dünn, und die Jogginghose ausgebeult und ausgeleiert.

„Kommen wir zu dem Unfall, von dem ich am Telefon gesprochen habe", sagte Jacques. „Dreißigster September 1989. Ronny Schlick. Ein Motorradunfall. Können Sie sich erinnern?"

Hebel hustete in die Faust. „Ich erinnere mich an alle Unfälle mit Toten und Schwerverletzten, mit denen ich zu tun gehabt hatte. Sie erscheinen mir tagsüber, aber vor allem erscheinen sie mir nachts. In den

Träumen. Ja, ich sehe die Szene noch vor mir, obwohl es lange her ist. Als wäre es gestern gewesen.

Es war der letzte Samstag des Monats. Es war ein wunderschöner Frühherbsttag gewesen. Herrlicher Sonnenschein, trocken und warm. In Durlangen hatte das Oktoberfest stattgefunden.

Gegen Abend war eine Unwetterfront von Frankreich her aufgezogen. Es mag so gegen halb zehn Uhr gewesen sein, als sich die Hauptlast über Durlangen und Talhalden abzuladen begann. Orkanböen und Starkregen.

Der Notruf ging kurz vor zehn Uhr bei uns ein. Typische Vorfahrtsverletzung. Miserable Sichtverhältnisse. Der alte Mann, der den Unfall verursachte, hatte behauptet, der Motorradfahrer hätte das Licht ausgeschaltet gehabt. Bei der Untersuchung des Motorrads stellten wir tatsächlich fest, dass der Lichtschalter auf aus gestellt war. Kann man sich vielleicht so erklären: Wenn der Regen so dicht ist, dass das Fernlicht wie bei einem Spiegel reflektiert wird, hat man das Empfinden, man fährt gegen eine Wand. Schaltet man das Licht aus, wird die Sicht besser, mit dem Nachteil, dass man selber nicht gesehen wird.

Ronny hatte dazu aus verständlichen Gründen leider nicht befragt werden können. Und später, nachdem er aus der Bewusstlosigkeit aufgewacht war, konnte er sich daran nicht erinnern. Oder anders ausgedrückt: Er war mit der Beantwortung der Frage, Licht oder kein Licht, überfordert."

„War Ronny allein auf dem Motorrad unterwegs?", fragte Jacques.

„Keine weitere Person", antwortete Hebel knapp.

„Wissen Sie, von wo er herkam? Vielleicht vom Oktoberfest? Wäre doch naheliegend, oder?"

Hebel schnippte eine Zigarette aus einer Packung und zündete sie mit zitternden Fingern an. Mit der ersten Inhalation entspannten sich seine Gesichtszüge umgehend.

„Auch eine?", fragte er und hielt Jacques die Schachtel hin. Der ließ sich nicht zweimal bitten, und alsbald füllte sich die Raumluft mit bläulichem Qualm.

„Einen Kognak vielleicht? Oder Whisky? Sei bitte so gut und hol´ die Flasche und zwei Gläser aus dem Schrank dort drüben."

Es war zwar nicht Jacques´ bevorzugte Marke, zudem ein schottischer Brand, doch dieses eine Mal wollte er seine Überzeugung, nur Bourbon-Whiskey sei der beste, verraten. Während er zwei dickwandige Gläser einschenkte, nahm Hebel den Faden wieder auf:

„Ronny hat sich darüber immer in Schweigen gehüllt. Aber er hatte in seinem Rucksack zwei Flaschen Rotwein, zwei Sandwiches, eine Großpackung Kartoffelchips und zwei Schachteln Zigaretten dabei. Marlboro übrigens, falls das von Wichtigkeit sein sollte. Waren aus dem Tankstellenangebot in Durlangen. Der Verkäufer an der Tankstelle hatte bestätigt, dass Ronny die Sachen kurz zuvor bei ihm gekauft hatte. Wobei: Die Weinflaschen waren bei dem Unfall natürlich zerbrochen."

„Damit ich richtig informiert bin: Bei der Tankstelle handelt es sich um die am Ortsausgang Durlangens Richtung Talhalden?"

„Richtig", erwiderte Hebel. „Dabei muss man wissen: Ronny war Nichtraucher. Komisch, nicht wahr?"

Ja, das fand auch Jacques komisch. Warum sollte ein Nichtraucher Geld für Kippen ausgeben, wenn nicht für jemand anderen?

Mittags und bis zwei Uhr verkehrten halbstündlich Schülerbusse von Durlangen nach Talhalden. Später und bis achtzehn Uhr fuhren sie nur noch im Ein-Stunden-Takt. Danach existierte bis zum nächsten Morgen die gähnende Lücke der Servicewüste.

Jacques entschloss sich ad hoc, zu Fuß nach Talhalden zurückzugehen und bei der Gelegenheit einen Blick in die Tankstelle am Ortsausgang Durlangens zu werfen. Sobald er sich jedoch dem Komplex der Tankstelle näherte, wurde ihm klar, dass die Zeit an der Tanke keine sechsundzwanzig Jahre lang stehengeblieben war. Vom Betreiber oder vom Personal würde er mit Sicherheit niemanden mehr finden, der damals hier gearbeitet hatte. Also sparte er sich den Schlenker zu den Zapfsäulen und dem Kiosk hin.

Dafür stach ihm auf der gegenüberliegenden Straßenseite das Firmenlogo eines Mode-Discounters ins Auge. Irgend ein Witzbold hatte mit zwei schlichten Halbrundbögen aus den drei ursprünglichen roten Buchstaben das neue Wort *Kack* gebildet.

Wie man's nimmt, dachte Jacques. Selber würde er nie einen Fuß über die Schwelle eines solchen Ladens

setzen. Doch sah er ein, dass nicht jedermanns Geld-
beutel so dick wie sein eigener war und es zunehmend
mehr Menschen gab, die auf solche Billigläden angewiesen waren.

Zwischen Durlangen und Talhalden lagen vier Kilometer bolzengerader Straße, ausschließlich für Kraft-
fahrzeuge konzipiert. Einen Rad- oder gar einen Fuß-
gängerweg suchte man vergeblich und war auch künf-
tig, trotz etlicher Forderungen verschiedener Interes-
sengemeinschaften, nicht vorgesehen.

Es war die ehemalige Bundesstraße, heute durch
eine neue, ortsumfahrende Straße ersetzt. Für den
Pendelverkehr allerdings war die alte Straße sozusa-
gen unumgänglich. Links und rechts der Fahrbahn
wuchs dichter Wald, nur einmal unterbrochen von
den Auf- beziehungsweise Abfahrten zur und von der
Brücke der Zubringerstraße, die Durlangen und Talhalden samt Hinterland mit der Autobahn verband.

Es herrschte eine Inversionswetterlage. Umge-
kehrte Verhältnisse bei den Temperaturschichten.
Unter dem zähen Hochnebel stand die kalte Luft, als
hätte sie Bewegungsverbot. Was nicht die Straße betraf. Dort fauchte der Fahrtwind der Fahrzeuge wie in
einem Windkanal, extrem unberechenbar durch den
Gegenverkehr, mit Verdrängungskompressionen und
Sogwirbeln. Herbstlich gefallenes Laub wurde in einem Mahlstrom mitgerissen und wieder ausgespien,
als Spielball motorisierter Ungeheuer.

Jacques rechnete mit einer Stunde Wegezeit für die
Strecke. Die Beschaffenheit sowohl der Straße selbst

als auch der unbefestigten Bankette war schlecht, und er durfte sich beim Marschieren keine Nachlässigkeit erlauben. Der Verkehr war geradezu kriminell. Die Autos und Lastwagen brausten in hohem Tempo und mit absurd geringem Seitenabstand an ihm vorbei. Ein unkonzentrierter Schritt, gar ein Straucheln oder ein Stolpern, könnten ein fatales Ende für ihn bedeuten.

Er kam langsamer voran als gedacht. Auf dem Grünstreifen neben dem Asphalt lag das Laub knöcheltief, was ihn beim zügigen Schreiten behinderte. Er hob die Beine höher als gewohnt und allmählich kündigten sich Krämpfe in den Oberschenkeln an.

Nach etwa eineinhalb Kilometern, weiter voraus die fahrbahnüberspannende Zubringerbrücke schon erkennbar, kam er am Standplatz eines orangefarbenen Bauwagens vorbei, den die Bauhofmitarbeiter der Gemeinde Talhalden zum einen als Materiallager und Gerätedepot, zum anderen als Aufenthalts- und Schutzhütte hier abgestellt hatten. Er war ihm bis dato, obwohl er des Öfteren mit dem Bus an ihm vorbeigefahren war, nicht ins Bewusstsein gedrungen.

Ich wäre ein schlechter Zeuge, wenn ich je die Besonderheiten der Straße beschreiben müsste, dachte er. *Den Wagen hätte ich nicht auf dem Schirm gehabt.*

Nicht dass er übermäßig neugierig gewesen wäre*, aber einen harmlosen Augapfel werde ich doch wohl riskieren dürfen*, dachte er. *Schließlich leben die Burschen von meinen Steuern.*

Geschmeidig überwand er die drei Stufen zur Tür des Bauwagens, die mit einem Fenster versehen war.

Ein zweites Fenster befand sich an der dem Wald zugewandten Seite des Wagens.

Nun, viel zu sehen gab es indes nicht. In einer Ecke standen Handwerkzeuge wie Schaufeln und Besen, aber auch Motorsensen und Laubbläser. Daneben am Boden mehrere Kanister undefinierbaren Inhalts. Ferner entdeckte er vier schmale Spinde aus lackiertem Stahlblech, zwei davon mit Vorhängeschlössern versehen, die beiden anderen bloß mit kurzen dünnen gezwirbelten Elektrokabeln zugehalten, vermutlich zur Aufbewahrung der Arbeitsbekleidungen und privater Dinge. Die Mitte des Wagens wurde von einer Biertischgarnitur dominiert.

Naja, was hast du erwartet, Jacques?, fragte er sich und probierte die Türklinke. *Abgeschlossen, was sonst.*

Er sprang die Treppe hinunter und stutzte dann doch. Die Tür, fiel ihm auf, war zweifach gesichert. Einmal mit einem stabilen Zahlenbügelschloss. Das andere Mal mit einem einfachen Vierkantschloss.

Aha, dachte er, *der Kreis der Vierkantverwender weitet sich.*

Er umrundete den Wagen und begutachtete das andere Fenster. Im Gegensatz zum Fenster an der Tür, das in den Rahmen eingelassen war, sah dieses Fenster an der Rückseite wie ein Provisorium aus. *Vielleicht war das alte kaputtgegangen und man hat einfach von außen eine Scheibe draufgesetzt*, dachte er. Jedenfalls wurde die Scheibe durch einen schlichten Aluprofilrahmen mit Kreuzschlitzschrauben an die Wagenaußenwand gedrückt.

Als Jacques soeben den Fußmarsch wieder aufnehmen wollte, sah er in einiger Entfernung, noch hinter der Brücke, ein Fahrzeug in gleichem Orange wie der Bauwagen auf sich zukommen. Geschwind verdrückte er sich nach links durch die Büsche in den Wald und wartete. Und richtig. Das Fahrzeug, ein Transporter-Kastenwagen, rollte langsam vor dem Bauwagen aus und hielt an. Drei Männer in Arbeitskleidung stiegen aus der Fahrerkabine. Frieder, Manni und Schorsch. Während Frieder eine Zigarette anzündete, öffnete Manni die Schiebetür des Laderaums, hob zwei Kisten Bier heraus und trug sie mit Schorsch zum Bauwagen. Nur wenig später, Frieder schleuderte die Kippe auf die Straße, kletterten die drei wieder ins Fahrzeug, nutzten eine Lücke im Verkehr um zu wenden, und fuhren Richtung Talhalden davon.

Der Transporter außer Sicht, wagte sich Jacques an den Straßenrand zurück. *Frieder, Manni und Schorsch*, dachte er. *Wo habt ihr den vierten im Bunde gelassen? Paul?*

„Du **hasch** eine gesunde Gesichtsfarbe", begrüßte Lotta ihn in der Nähstube. „**Hasch** du den Bus verpasst?"

„Mit voller Absicht", antwortete er und gab ihr einen Kuss.

„Und mit Whiskey", sagte sie schelmisch. „Bei diesem Hebel? Wie war´s?"

Jacques fasste für sie das Treffen mit wenigen Sätzen zusammen. „Ich habe vor, Edgar Schaaf anzurufen. Es gibt einiges zu bereden. Wär´s dir recht, wenn er heute Abend zu uns käme?"

„Frag´ mich mal, ob´s mir recht wäre, wenn heute Abend George Clooney zu uns käme", konterte sie aufgekratzt.

„Mir scheint, du hast auch einen gesunden Teint, meine Liebe." Seine geschwungenen Augenbrauen sprachen Bände der Verwerflichkeit.

„Hoffentlich", hauchte sie erotisch untermalt mit schmachtendem Blick. „Ruf´ – ihn – an."

Zu Lottas Leidwesen erschien Edgar Schaaf nicht, wie erhofft, in seiner Bikerkluft, sondern mit einem Dienstwagen direkt von der Arbeit, und war von Kopf bis Fuß ganz in Schwarz, beziehungsweise was das Hemd anging, dunkelgrau gekleidet. Das nahm ihm ein bisschen des Nimbus´, den sie ihm in der Phantasie angedichtet hatte.

Dafür heimste sie unverdienterweise das Lob für die Frikadellen ein, die zum Abendessen auf den Tisch kamen, aber ganz allein Jacques´ schweißintensiven Bemühungen zu verdanken waren. „So müssen sie sein, Lotta", schwärmte der Kriminalkommissar mit vollen Backen, „ganz genau so. Wie machst du sie?"

„Oh, ganz einfach. Strikt nach Kochbuch, **gell** Jacques?", schwindelte sie talentiert.

„Stimmt, mein Schatz. Die sind dir wirklich gut gelungen", gab er sich generös. „Noch etwas von den grünen Böhnchen, die **du** so köstlich zubereitet hast?"

Lotta prustete in die hohle Hand, um den Bissen im Mund nicht über den Tisch zu versprühen. „Ja, … gerne, mein … lieber … Jacques." Dann konnte sie sich nicht mehr zurückhalten. Sie schaffte noch ein „'ntschuldgng" und wuselte vom Tisch, um im Badezimmer dem Lachen die Freiheit zu schenken.

„Bei euch geht es wohl lustig zu, was?", meinte Edgar Schaaf leicht verwundert.

„Ja, uns wird es so gut wie nie langweilig", erwiderte Jacques trocken. „Noch Kartoffelbrei?"

In der Mitte der Tischplatte lag ein blankes Blatt Papier. Edgar Schaafs Hand schwebte mit einem Kugelschreiber darüber. Er schien zu überlegen, wie er das, was Jacques an Namen, Daten und Zahlen berichtet hatte, grafisch gestalten sollte. Schließlich setzte er am linken Rand eine Markierung und lehnte sich zurück.

„Seid ihr damit einverstanden, dass wir die junge Frau, die am längsten im Stollen gelegen hat, Marion nennen? Nach Ronnys einzigem je geäußerten Hinweis auf eine Frau, die er jetzt in Spanien wähnt?"

„Ja, geben wir ihr einen Namen", pflichtete Lotta bei. Jacques nickte.

Edgar schrieb den Namen auf das Papier. „Okay. Wann tritt Marion nachweislich zum ersten Mal in Erscheinung? Das ist, wie wir wissen, am fünfzehnten September 1989 in Wien. Sie hat sich dort eine Hose gekauft, in der die Quittung mit Datum gefunden wurde. Aber wie kam sie dorthin?"

Jacques hatte recherchiert. „Wenn wir davon ausgehen, dass sie aus der DDR stammte, kommt zeitlich gesehen eigentlich nur die Öffnung der ungarischen Westgrenze nach Österreich in der Nacht vom zehnten auf den elften September infrage. Damals verließen hunderte DDR-Bürger, die in Ungarn Urlaub gemacht hatten, das Land. Die historische Ausreise aus der Deutschen Botschaft in Prag fand dagegen erst zwanzig Tage später statt.

Wie sie von der Grenze nach Wien kam – ob zu Fuß, per Anhalter oder per Bahn – darüber ist nichts bekannt. Aber an Möglichkeiten dürfte es nicht gemangelt haben."

Edgar Schaaf vermerkte das Datum des Grenzübertritts über der Markierung, und das Datum des Hosenkaufs in Wien daneben.

„Was sie in der Zeit zwischen dem fünfzehnten und dreißigsten September 1989 gemacht hat und wo sie gewesen ist, liegt im Dunkeln", fuhr Jacques fort. „Doch dann, so vermuten wir, taucht sie in Durlangen wieder auf. Laut Lars Rucker wurde Ronny Schlick auf dem Oktoberfest samstags gegen neunzehn Uhr von einer jungen Frau beim Autoscooter angesprochen. Nehmen wir an, es war Marion. Von Lars Rucker haben wir auch die einzige Beschreibung Marions. Jung, um die zwanzig, honigfarbene lange Locken nach DDR-Look, Blue-Jeans, rote Windjacke, grauer Rucksack. Lars Rucker erinnerte sich weiter, dass Ronny sich eine Weile angeregt mit ihr unterhalten und es so ausgesehen hatte, als würden sie eine Abmachung vereinbaren. Dann war Ronny noch einmal kurz bei ihm gewesen und hatte geprahlt, dass er, Ronny, in dieser Nacht seine Unschuld verlieren wollte. Anschließend sei er zu der jungen Frau zurückgekehrt und mit ihr auf dem Sozius seines Motorrades davongedonnert. Wohin sie gefahren seien, das konnte Lars nicht sagen."

Edgar Schaaf zog eine Linie von Wien bis nach Durlangen, der ungefähr die Spanne von fünfzehn Tagen darstellen sollte, und schrieb an dessen Ende das Datum dreißigster September und die Uhrzeit neunzehn Uhr. Er sagte:

„Jetzt klafft nur noch eine Lücke von neunzehn Uhr bis zum eingegangenen Notruf bei der Durlanger Polizei kurz vor zweiundzwanzig Uhr. Was mag in der Zwischenzeit geschehen sein? Gegen ungefähr einundzwanzig Uhr dreißig hatte ein Unwetter begonnen. Wollen wir spekulieren? Ein paar Theorien darüber entwickeln, was sich ereignet haben könnte? Mit meinen Kollegen im Kommissariat pflegen wir das regelmäßig zu tun. *Mindflow*, wie man auf Neudeutsch dazu sagt. Wer möchte beginnen?"

Lotta und Jacques guckten sich unsicher an.

„Nicht so schüchtern, Leute", ermunterte Edgar Schaaf die beiden. „Es wird ja nichts aufgezeichnet. Lotta? Du?"

Lotta schluckte. „Also gut. Dann will ich es mal probieren: Es war nämlich so: …"

Mit dem zweiten Schluck schmeckte er besser, der Wein, den Manu im Festzelt an der Theke gekauft hatte. Eine Flasche, ein Liter, Badischer Landwein. Sie hatte sich eine Tüte geben lassen um die Flasche zu tarnen. Es musste ja nicht gleich jeder sehen, was sie sich zu Gemüte führte.

Beim Rundgang über den Rummelplatz süffelte sie immer wieder in kurzen Abständen daraus, bis sich eine wohlige Wolke im Kopf gebildet hatte, auf der sie sich treiben lassen konnte.

Es ging langsam auf Abend zu. Nach einem sonnigen Nachmittag bedeckte sich der Himmel mit Wolken, doch die Temperatur stimmte. Es tummelten sich viele Leute um die verschiedenen Buden und Fahrgeschäfte. Junges Volk überwiegend, Kinder wie Jugendliche, und an den Kassenhäuschen der Karussells standen sie Schlange.

Manu wurde vom Autoscooter angezogen. Dort plärrten aus den Lautsprechern die Oldies längst vergessener Hitparaden. Alle Box-Autos surrten über das polierte Rechteck der Anlage. Der Pegel des Gekreisches war enorm.

Sie bemerkte einen Kerl, der häufig den Kopf nach ihr umdrehte, sie nicht aus den Augen zu lassen schien und mehrfach versuchte, an ihrem Standort vorbeizufahren. Irgendwie gefiel ihr der Typ. Sicher war er etwas jünger als sie, sein Gesicht wirkte fast sanft und die Haare weich, was sie nicht daran hinderte, ihn ebenfalls zu beobachten.

Die Fahrzeit mit den Scootern war logischerweise begrenzt. So geschah es halb zufällig, halb gewollt, dass am Ende einer Fahrt sein Auto neben ihr am Fahrbahnrand zu stehen kam.

„*Hey, du, **hops´ ri!***", schrie er ihr zu und rutschte demonstrativ auf die Seite.

„*Was?*" Sie hatte ihn nicht verstanden. Der Radau überlagerte alles, und außerdem sprach er Dialekt.

Er klopfte mit der Hand auf den freien Sitz. „*Komm´, fahr´ mit! ´s koschtet nix.*"

Manu zögerte, doch da ging die Hatz bereits von vorne los. Er drückte rasch einen Kassen-Chip in den Bezahlschlitz, wurde von hinten gerammt und geschoben, und schon reihte er sich wieder in den Pulk der stoßenden und schlingernden Scooter ein.

Ab nun ließ sie ihn nicht mehr aus den Augen. Als der Runde nach ein paar Minuten zwangsläufig der Strom abgedreht wurde, sprang sie mit Rucksack und Flasche wie eine Hindernisläuferin zwischen den aus- und einsteigenden Leuten hindurch, und hüpfte über den Gummiwulst, der die Scooter vor Rammstößen schützte, neben ihn auf die Bank.

„*Hey!*", schnaufte sie und lachte ihn strahlend an. „*Es kann los gehen. Oder hast du keinen Sprit mehr?*"

Ronny war so perplex, dass ihm der nächste Chip in den Fußraum kullerte. Weil beide sich nach dem Ausreißer bückten, rasselten sie mit den Schädeln zusammen und hatten somit einen ersten physischen Kontakt. „*Autsch!*", zuckten sie zurück, als hätten sie einen elektrischen Schlag abbekommen, und rieben sich die Köpfe.

„*Mann, **hasch** du einen harten Grind*", staunte er und zeigte auf ihren Rucksack. „*Eigener Airbag, was?*"

„*Ich hoffe, dein Fahrstil ist so gut, dass ich ihn nicht brauchen werde*", meinte sie pfiffig, klemmte die Flasche zwischen die Schenkel und presste den Rucksack an den Bauch.

Dann war knisternd der Strom wieder da. Der Stromabnehmer über Ihren Köpfen schlug Funken, Ronny warf den Chip in den Schlitz und trat aufs Gaspedal.

Drei Runden später war der Spaß vorbei und sie stiegen aus.

Ronny, total verlegen, latschte Manu unbeholfen hinterher, beide Hände tief in den Hosentaschen vergraben. Auf der Pistenumrandung blieben sie stehen.

„*Danke für die Einladung*", sagte sie, stellte die Flasche auf den Bretterboden und legte den

Rucksack an. Er hingegen schien mit den Augen nach Holzwurmlöchern in den Brettern zu suchen.

„He, hallo, hier bin ich", versuchte sie ihn aufzurütteln. „Was ist los? Vorhin hast du mich anmachen wollen, und jetzt bewunderst du deine Schuhe?"

Ronny grinste, als sei er blöd. Dann schielte er auf die gegenüberliegende Seite der Scooterbahn. Manu folgte seinem Blick.

„Ist das dein Freund, der zu uns herüberstarrt? Bist du vielleicht schwul?"

Ronny zog die linke Oberlippe hoch, wie einst ein gewisser *Elvis Presley* es konnte. „Nä!", blaffte er verachtend, „ich doch nicht. **Isch** bloß ein Schulfreund."

„Dann ist doch alles okay, oder? Wie heißt du eigentlich?"

„Ich?"

„Nein, du." Manu fand die Gesprächsführung allmählich mühsam und begann sich nach anderen potenziellen Kandidaten umzusehen. Ein sanftes Gesicht und weiche Haare besaßen vielleicht auch andere.

„Ronny. Und du?", fragte er und merkte endlich, dass er an Terrain verlor.

„Ich heiße Marion", antwortete sie. Auf einmal bekam ihre Stimme einen eigenartigen Schmelz, der bei ihm ein leichtes Ziehen im Unterleib verursachte. „Du, sag' mal, Ronny, weißt du zufällig, wo ich günstig übernachten könnte? Mit Schwerpunkt *auf günstig? Ich bin nämlich erst heute hier eingetroffen und hab' keine Ahnung, wo ich unterkommen kann. Ich kenne mich hier auch nicht aus, verstehst du?"*

So beschränkt war Ronny nun auch wieder nicht, als dass er die Zeichen der Zeit nicht erkannt haben würde. Erneut wanderten seine Pupillen zu dem Schulfreund auf der anderen Seite. Dann sagte er mit bemühter Harmlosigkeit: *„Doch, ich wüsste da was. Ein bisschen speziell, etwas außergewöhnlich, aber* **supergünschtig**. *Warte mal kurz hier. Ich bin gleich wieder zurück."*

Manu sah ihn zu seinem Freund rennen und wie aufgedreht mit ihm sprechen. Dabei guckte der Freund misstrauisch zu ihr her. Ein Klaps mit der Hand auf dessen Oberarm, und schon kam Ronny zurückgesaust.

„Alles okay, wir können", forderte er sie auf und war wie ausgewechselt. *„Wir müssen aber hinfahren. Komm', ist nicht weit."*

Er schien es eilig zu haben, denn er stiefelte ihr mit langen Schritten voraus und hielt vor einem Motorrad an.

Wir fahren Motorrad?", fragte sie skeptisch. *„Ich hab' keinen Helm."*

Er grinste überlegen, jetzt ganz Herr der Lage. *„Den* **brauchsch** *du heute nicht, Marion. Sitz' einfach auf und halt' dich an mir* **fescht**.*"*

Wenige Sekunden später knatterte er mit Manu auf dem Sozius vom Festplatzgelände.

Ronny fuhr wie eine gesengte Sau. Mit gerade mal hundertfünfundzwanzig Kubik schaffte das Motorrad auf der geraden und flachen Strecke zwischen Durlangen und Talhalden hundert km/h. Der Fahrtwind raubte Manu den Atem und wirbelte die langen Locken wild durcheinander. Obwohl es ein milder Septemberabend war, bibberte sie vor Anspannung wie bei Minusgraden.

Mitten im Dorf bog er ab und hielt vor einem Gebäude. *Feuerwehr*, entzifferte Manu die verblasste Schrift über einem breiten Tor. Sie stieg vom Rücksitz ab, während Ronny umständlich einen Schlüsselbund aus der Hosentasche klaubte.

„Bin gleich wieder da", verkündete er, schloss eine im Tor integrierte Tür auf und verschwand für einige Minuten. Als er wieder zurückkam, hatte er ein Bündel dabei, das er Manu in die Arme drückte. Eine Wolldecke und zwei silbrig glänzende Matten, wie sie feststellte.

Er hieß sie wieder aufsitzen, startete erneut den Motor und brauste durch schmale Gassen an den Ortsrand, wo aus der asphaltierten Straße ein Forstweg wurde und es unmittelbar in einen Wald hinein ging.

Bergauf zeigte das leichte Motorrad mit doppelter Personenlast seine Schwächen, aber dank der groben Stollenreifen wühlte sich Ronny aufwärts.

Manu hatte keine Ahnung, was er vorhatte, und ihr wurde es ein bisschen mulmig. Die Beklemmung löste sich erst, als sie voraus den Waldrand und am fernen Horizont die untergehende Sonne erblickte. Ronny lenkte seine Maschine auf eine abschüssige Wiese, hielt endlich an und stellte den Motor ab.

„*Hier sind wir*", sagte er, nahm den Helm ab und wies mit großspuriger Geste auf eine schmale ebene Fläche vor einem eisernen Tor, durch das man in den Berg hineinzugelangen schien.

„*Was soll das?*", frage sie verständnislos. „*Willst du mich verarschen?*"

„*Quatsch, nein*", tat er unbekümmert. „*Du **willsch** doch **günschtig** übernachten, oder? Nun, hier haben wir alles, was wir brauchen. Ein tolles Panorama und ein Dach über dem Kopf. Ich hab' dir ja gesagt, dass es etwas außergewöhnlich **isch**.*" ER nahm ihr das Bündel aus den Armen und breitete zwei Alu-Isoliermatten vor dem Tor auf dem Boden aus. „*So, **siehsch** du, hierauf können wir schlafen, und mit der Wolldecke decken wir uns zu.*"

Manu guckte ungläubig. „*Wir?*"

„*Ja klar. Du und ich*", antwortete er voller Überzeugung.

Manu hustete verlegen. *„Und was meinst du mit Dach? Ich sehe weit und breit kein Dach."*

Ronny kündigte mit erhobenem Zeigefinger die Überraschung an. Er nahm einen klobigen Schlüssel in die Hand, öffnete damit am Tor das Schloss und zog den Torflügel auf. *„Tatatataaa!"*, frohlockte er, breitete pantomimisch einen nichtvorhandenen roten Teppich vor Manu aus und bat sie mit fast formvollendetem Bückling über die Schwelle.

„Mehr Dach überm Kopf **kriegsch** *du heute nirgendwo mehr."* Er zog eine Taschenlampe aus dem Hosenbund und leuchtete in das finstere Loch.

Manu besah sich das Angebot aus der Nähe. *„Unheimlich, findest du nicht?"*

Er zuckte mit den Schultern.

„Und wenn ich pinkeln muss?"

„Keine Sorge, ich guck' weg."

Sie schraubte den Deckel von der Weinflasche, hob sie an den Mund und schluckte ihre Zweifel hinunter. *„Und du meinst, diese Alu-Matten und die Decke reichen aus?"*

Er legte die Hand auf die Brust. *„Marion, ich schwör's"*, versprach er großmäulig.

Manu nestelte ein Zigarette aus der Packung und zündete sie an. *„Scheiße, das ist meine letzte"*, sagte sie, setzte sich auf eine der Isoliermatten und schaute über das tiefer gelegene Dorf. Mit dem Kinn deutete sie über die Fußspitzen hinweg. *„Die Käfige da unten – was ist das?"*

Ronny ließ sich sperrig neben ihr nieder. *„Das sind die Hundezwinger des Hundesportvereins",* antwortete er.

„Und die Berge dort drüben unter den dunklen Wolken?" Sie trank wieder aus der Flasche, schüttelte sie anschließend, lugte hinein und warf sie dann enttäuscht zur Seite. *„Verdammter Mist. Auch leer",* jammerte sie.

„Das sind die Vogesen in Frankreich."

„Ach was. So nah ist Frankreich?"

Er nickte. *„**Siehsch** du den Wasserturm dort in der Ebene?"*

„Ne."

„Der steht auch schon in Frankreich. Direkt am Rhein. Den sieht man von hier aus aber nicht."

Die dunklen Wolken über den Vogesen begannen allmählich in die Höhe zu wuchern und wechselten die Farben in Schwarzblau.

*„Was **hasch** du eigentlich für Pläne? **Bisch** du auf Urlaub oder so?"*

Manu knabberte wie immer, wenn sie nervös war, an den Fingernägeln. *„Bin abgehauen. Ich will nach Spanien. Montagfrüh nimmt mich ein LKW-Fahrer mit. Spedition Pottasch",* antwortete sie wahrheitsgemäß.

Ronnys Haltung sank wie ein misslungener Hefeteig in sich zusammen. ER riss einen Grashalm ab und fetzte ihn in kleine Stücke. *„Pottasch? Kenn' ich. Mann, du **haschs** gut. Wenn ich könnte, würd' ich das auch machen. Aber ...“* Er ließ offen, was er mit aber meinte.

„Verstehe“, sagte sie. *„Der Beruf.“*

„Eher das Studium“, ergänzte er. *„Aber ich kann dich hinbringen. Zur Spedition, mein' ich. Montagfrüh.“*

Nach einer Weile, in der sie zunehmend zappelig wurde, fragte sie: *„Du, sag' mal. Kann man hier in der Nähe was zu trinken kaufen? Wein, zum Beispiel? Und Kippen? Marlboro, wenn's geht? Und was zu essen?“*

Ronny sah sofort seine Chance und wurde diensteifrig. *„An der Tanke in Durlangen. Ich kann rasch dorthin fahren und die Sachen kaufen, wenn du **willsch**.“*

Manu schenkte ihm ihr liebstes Lächeln. *„Du, das wär' toll. Am besten, du bringst gleich zwei Flaschen und zwei Schachteln Zigaretten. Ich geb' dir das Geld.“*

Ronny stand fix auf. *„Gib mir das Geld später. Schau zum Himmel. Ich muss mich beeilen, bevor es zu regnen beginnt.“*

Tatsächlich hatte sich der Himmel dramatisch verändert. Das, was über ihnen aufragte, war keine

Wolke mehr, sondern eine handfeste Bedrohung. Noch rollte der Donnerhall aus einiger Entfernung bis zu ihnen. Aber das würde nicht mehr lange so bleiben.

Ronny schwang sich auf das Motorrad und peste mit durchdrehendem Hinterrad in den nahen Wald hinein.

Manu verfolgte mit Bangen das Schauspiel am Firmament. Die Wolke senkte sich wie eine steile Meeresbrandung auf sie herab. Die Luft wurde schwer wie ein nasser Schwamm.

Ronny mochte gerade eine Viertelstunde oder vielleicht etwas mehr weg sein, als erste Tropfen, groß wie Schnapsgläser, auf sie niedergingen. Hastig räumte sie Alu-Matten, Wolldecke, Taschenlampe, Rucksack und Flasche durch die Tür ins Innere des Loches. Unmittelbar danach fing es an zu hageln. Dann ein Blitz, ein Krachen. Manu zog sich mit klopfendem Herzen von der Tür zurück. Eine böse Bö rauschte mit Wucht heran – und schlug die Tür zu.

Teil II

Montag, 28. September 2015

Edgar Schaaf kratzte mit einem Taschenmesser etwas von der weißen Farbe auf Lottas Schaufenster in ein Plastiktütchen, von denen er ständig einige im Dienstwagen mit sich führte. Jacques hatte ihm das Foto von der Schmiererei gezeigt und ihn um Rat gefragt.

Derweil standen Lotta und Jacques wortkarg daneben und wirkten ziemlich mitgenommen, was hauptsächlich an Lottas Theorie über die Ereignisse von vor fast auf den Tag genau sechsundzwanzig Jahren lag.

Marions und Ronnys Schicksalstag.

Die Gedanken, dass eine junge Frau durch einen unglücklichen Zufall in dem vermaledeiten Stollen eingesperrt worden war, mochten sie gerade noch so ertragen. Welche Leiden und welche Not und Ängste das Mädchen über Stunden und Tage bis zu ihrem Tod hatte erdulden müssen, überstieg allerdings ihre Vorstellungskräfte und beraubte sie der Sprache. Wie lange konnte ein Mensch ohne Wasser überleben? Wie lange ohne Essen? Wie lange konnte eine Hoffnung aufrechterhalten werden, bevor sie der Erkenntnis wich, dass sie umsonst gewesen war?

Sie wussten es nicht und konnten die Gedanken daran nicht loswerden, als besäßen diese eine eigene

Gravitation. Die grässlichen Fragen wurden immer und immer wieder durch ihre wehrlosen Hirne gespült, vergleichbar mit der Brandung eines sturmgepeitschten Meeres, das die Küsten eines Landes unablässig attackierte.

„So, das dürfte genügen", sagte Edgar Schaaf, klappte das Taschenmesser zusammen, verschloss die Tüte und steckte sie ein. „Ich werde das unserer KTU zur Untersuchung geben. Inoffiziell, natürlich, aber Allgöwer ist mir noch einen Gefallen schuldig. Mal sehen, was dabei herauskommt."

Jacques, der im Nebel seiner Düsternis die Stimme des Kommissars wahrnahm, wachte aus der Depression auf. „Allgöwer?"

„Ja, Allgöwer", antwortete Schaaf. „Der dienstälteste Polizist der Polizeidirektion Offenburg, und ein begnadeter Techniker." Er wandte sich Lotta zu. „Das war übrigens eine blitzsaubere Leistung von dir, wenn ich das so sagen darf. Besser hätten es die Profis von der Polizei auch nicht gekonnt. Aber du siehst, wie kräftezehrend es sein kann, sich auf seriöse Weise diesen Aufgaben der geistigen Auseinandersetzung zu stellen. Absolut gut gemacht. Ich denke, dass du der Wahrheit so nah gekommen bist, wie es nach so langer Zeit überhaupt möglich ist. Ich werde Kommissar Schlendrich vorschlagen, deine Theorie als möglichen Sachverhalt in Betracht zu ziehen. Kopf hoch, Lotta."

Dann verabschiedete er sich. „Es ist spät geworden, Herrschaften. Sobald ich Ergebnisse von den

Farbproben erhalten habe, melde ich mich bei euch. Danke fürs Essen. Schlaft gut, ihr zwei."

Es war den Aufregungen geschuldet, dass Lotta und Jacques nicht nur körperlich müde waren, als sie abends nach Hause kamen, sondern auch emotional erschöpft.

„Ich kann nicht mehr, Jacques", seufzte sie und schauderte. „Das war ein bisschen viel für einen einzigen Tag."

„Geht mir genauso", antwortete er. „Heute werde ich nicht mehr alt. Ich leg´ mich schlafen."

Lotta nickte, blieb aber unschlüssig vor ihrem Bett stehen. „Jacques?"

Er horchte auf. So wie sie seinen Namen aussprach – es wurde ihm ganz warm. „Ja, Lotta?"

„Äääh – würde es dir etwas ausmachen, heute mit mir … bei mir … also in meinem Bett einzuschlafen? Ich … ich … wenn du mich einfach **feschthalten würdesch**, **verstehsch** du? Damit ich nicht alleine bin?"

Dienstag, 29. September 2015
Neben dem Laptop dampfte Jacques zweite Tasse Kaffee an diesem Morgen. Aus den *Gelben Seiten* hatte er zwei Adressen von Bauernhöfen in der näheren Umgebung Talhaldens herausgesucht, die in den Anzeigen mit ihren Produkten warben: Spargel und

Erdbeeren. Nun suchte er mithilfe von *Google Maps* nach den Wegen, um dorthin zu gelangen. Zu Fuß oder mit dem Fahrrad.

Lotta war längst zu ihrer Nähstube unterwegs. Weder sie noch Jacques hatten die vergangene Nacht angesprochen. Zu zart war das Pflänzchen, das sie gesät hatten; zu verletzlich der Zauber, dem sie erlegen waren, um sie durch simple Plattitüden zu zerstören.

So empfand Jacques die Erfüllung seiner Sehnsucht nicht als Euphorie, sondern als Grundstein für eine neue Dimension ihrer Beziehung. Es war kein Sex vonnöten gewesen, der ihnen die Wahrhaftigkeit des Zusammengehörens hätte beweisen müssen. Es war die stumme, zugelassene Gegenwart des jeweils anderen, in dessen Schutz sie sich in der sensibelsten und ohnmächtigsten Phase des Menschen begeben hatten: des Schlafs.

War Lottas Bett auch schmal, gelangen ihnen die unvermeidbaren Bewegungen über die Nacht in einer wunderbaren Choreografie. Jacques hatte es in der Früh, als beide noch nebeneinander dösten und langsam erwachten, als Schwarmintelligenz bezeichnet, obwohl sie rein zahlenmäßig von der Größe eines Schwarms weit entfernt lagen. Er hatte dabei an Schwärme von Fischen im Wasser und Vögeln in der Luft gedacht, die sich im Kollektiv ohne Berührung zueinander verhalten.

Berührt hatten Lotta und Jacques sich freilich schon. Mit einer traumwandlerischen Sicherheit, für die andere Paare vielleicht Jahrzehnte des Zusammenseins brauchten. Bei ihnen war es blindes

Verständnis, gesteuert aus dem gemeinsamen intuitiven Wunschdenken. Hingeben dürfen und gestatten können war der Schlüssel, für dessen Gebrauch es keiner Autorität bedurfte.

Jacques spürte eine tiefe innere Ruhe, die er als Balance zwischen Fleisch und Seele in der Körpermitte verortete. Eine neue Gelassenheit nahm von ihm Besitz, den zu vermehren nicht unbedingt vorrangig, aber ihn zu teilen er jederzeit bereit war.

Der Drucker spuckte ihm zwei Vergrößerungen der Wegbeschreibungen zu den von ihm gesuchten Bauernhöfen aus. Er würde mit dem am weitest entfernt liegenden Hof beginnen und wettete, dass seine Frage nach Erntehelfern bereits dort positiv beantwortet werden würde.

Lotta ihrerseits fühlte sich wie ein Bienenstock. Seit sie am Morgen das Bett verlassen hatte, wurde sie von einem Summen in Kopf, Brust und Bauch begleitet, das sich so leicht nicht wieder abstellen ließ. Und sie wollte es auch nicht loswerden, denn es war wie die nachklingende Resonanz einer Melodie, die ihren Geist und Körper vereinnahmte. Als sie sich dabei ertappte, wie sie ein zweites Summen aus der Nase dazu intonierte, sie also zweistimmig summte, begriff sie, dass Glück hörbar war.

Hundertprozentig sicher war sie sich nicht gewesen, als sie Jacques um seinen Beistand in der Nacht gebeten hatte. Was, wenn er die Einladung falsch verstanden hätte? Wenn er zudringlich oder handgreiflich geworden wäre? Sie hatte nicht gewusst, wie sie hätte reagieren sollen.

Schnee von gestern.

Sie stellte sich die Frage, ob er ein Gentleman gewesen war. Einer, der gerne gewollt und auch gekonnt hätte, aber aus Selbstdisziplin Verzicht geübt hatte.

Nein, das war er nicht, beantwortete sie die Frage gleich selber. Er ließ sich nicht vergleichen; keinen Stempel aufdrücken. Er war Jacques. Einfach Jacques. Und er war wunderbar. Hatte sie verstanden und sich selbst zu verstehen gegeben. Gemeinsam waren sie durch die Nacht gedriftet, träumten die gleichen Träume, als wären sie ein Wesen.

Nein, kein Konjunktiv, rief sie sich zur Räson. *Wir waren es. Wir waren es und wir sind es. Wir sind eins.*

Sie waren leicht wie Federn gewesen; wie zwei sanfte Winde, die sich im Spiel umeinander drehten und rankten, ohne sich körperlich zu vermengen. In der Gesinnung jedoch waren sie untrennbar ein Vogel und ein Windhauch. Sie hatten sich tragen und fallen lassen dürfen ohne Angst, zu hoch abzuheben oder den Boden unter den Füßen zu verlieren. Keiner verfolgte eine Absicht, denn alles geschah aus sich heraus.

Mit diesen Gedanken und entrücktem Blick öffnete sie den Laden und ließ die ersten Kunden hinein. Nach und nach füllte sich der Raum auch mit ihren Freundinnen, die alsbald feststellten, dass an diesem Morgen eine besondere Ausstrahlung von Lotta ausging. Würde man an anderen Tagen gewiss das eine oder andere neckische Spielchen mit ihr treiben, gut gemeint und keinesfalls gemein, waren sie, die eine wie die andere, von Lottas Aura eigentümlich beeindruckt, als wären sie Zeuginnen eines heiligen Moments. Und da sie alle Frauen waren, mit gleichen erfüllten oder unerfüllten Empfindungen, waren das Verständnis und die Gemeinsamkeiten groß. Unter diesen Aspekten verhielten sie sich edel genug, Lottas Geheimnis nicht durch billige Sprüche zu entwerten.

Allein der jungen Nadja war es vorbehalten, ihre Ergriffenheit in Tränen auszudrücken.

*

Obst- und Spargelhof Wallinger las Jacques an einem Schild, das die breite Hofeinfahrt überspannte. Hier stieg er vom Fahrrad und schob es auf den rechteckigen, mit Granitsteinen gepflasterten zentralen Platz des Gehöfts. Das Wohnhaus stand geradeaus vor ihm an der schmalen Seite des Rechtecks, während sich links und rechts der längeren Seiten des Platzes die Ökonomiegebäude erstreckten. Mitten auf dem Hof war ein Anhänger voller Äpfel abgestellt.

Er hatte vorher angerufen und den Grund seines geplanten Besuchs genannt sowie gefragt, ob ein Besuch vormittags an einem normalen Werktag überhaupt sinnvoll sei. Die Antwort war nicht abschlägig gewesen, und noch bevor er die Treppe zum Wohnhaus erreichte, trat eine Frau aus dem Haus und kam ihm entgegen. Jacques taxierte ihr Alter zwischen dreißig und vierzig Jahre. Sie trug eine grüne

Latzhose, die farblich ziemlich gut zu ihren roten Haaren passte, wie er fand. Ihr Gesicht war mit Sommersprossen übersät, und auch das war ihrer freundlichen Begrüßungsmiene zuträglich.

„Hallo, Sie sind Herr Brasseur, nicht wahr?", empfing sie ihn und ergriff resolut seine Hand. Ihr Händedruck war enorm.

„Ja, der bin ich. Grüße Sie, Frau Wallinger. Es ist nett, dass Sie Zeit für mich erübrigen können. Ich denke, Sie haben viel zu tun."

„Zu tun gibt es immer etwas", antwortete sie souverän und blitzte ihn mit grünen Augen an. „Aber Arbeit ist nicht alles, meine ich. Wollen wir auf einen Kaffee hineingehen? Ich hab´ Kuchen gebacken. Oder zuerst den Hof besichtigen?"

Jacques schüttelte innerlich den Kopf und fragte sich, wie die Frauen neben der Landwirtschaft noch Zeit finden, um Kuchen zu backen. „Kuchen klingt gut", sagte er.

„Schön, dann kommen Sie", lächelte sie und ging ihm ins Haus voraus.

Drinnen angekommen, bat sie: „Schauen Sie nicht so genau hin. Es sieht ziemlich chaotisch aus."

Aber Jacques verstand unter Chaos etwas anderes. *Es ist authentisch*, dachte er. *Alles andere wäre unehrlich.*

Sie servierte einen Apfelkuchen und starken Kaffee. „Eigener Anbau", erwähnte sie nicht ohne Stolz. „Die Äpfel. Nicht der Kaffee." Sie schien einen verschmitzten Humor zu pflegen. Nicht von ungefähr zeigten ihre Mundwinkel nach oben.

Jacques war vom Kuchen überwältigt und sprach das auch aus.

„Ach wissen Sie", erwiderte sie, „was man täglich auf dem Tisch hat, verliert mit der Zeit an Exklusivität. Aber ich weiß Ihr Lob zu schätzen, danke. Kommen wir zum Anlass ihres Besuches. Sie interessieren sich für unseren Hof und den Einsatz von Erntehelfern, richtig?"

„Mhm", bestätigte er mit vollem Mund.

„Darf ich fragen, was der Hintergrund für dieses Interesse ist? Nicht, dass wir, beziehungsweise mein Mann und ich, etwas zu verheimlichen hätten, aber ich möchte über Interna nichts in irgendeiner Zeitung lesen."

Jacques hätte nicht gedacht, dass die Beschäftigung von Erntehelfern derart kompliziert war, wenn man sie rechtens und richtig betrieb. Ein immenser Aufwand an Bürokratie, den manch ein Landwirt scheuen musste und ihn dazu verleitete, die Vorschriften zu umgehen.

Frau Wallinger zeigte ihm Ordner voller Dokumente. Grundsätzlich wurde danach unterschieden, ob ein Beschäftigter in seinem Heimatland einer Arbeit nachging oder nicht. Falls nein, wurde er in Deutschland sozialversicherungspflichtig. Falls ja, traten die Rechtsvorschriften des Heimatlandes in Kraft. Und es ging um die Bezahlung. Im Jahr 2012, erklärte Frau Wallinger, betrug der Mindestlohn sieben Euro neunundachtzig. Aktuell im Jahr 2015 acht Euro fünfzig. Darüber hinaus hatte der Arbeitgeber die Möglichkeit, den Lohn mit dem Beschäftigten inklusive Leistungsprämien selber auszuhandeln, wobei jedoch der Mindestlohn nicht unterschritten werden durfte. Nicht unterschritten werden sollte.

Doch existierten viele Schlupflöcher, die von manchen Landwirten gnadenlos ausgeschöpft wurden. Sie legten zwar den Mindestlohn zugrunde, aber es war nicht unüblich, die Kosten für die Unterkunft und die Aufwendungen für Mahlzeiten vom Mindestlohn abzuziehen, was nichts anderes als Ausbeutung der Arbeitskraft darstellte. Diese Praktiken wies Frau Wallinger aber konsequent von sich.

„Aber ich gebe Ihnen einen Tipp", sagte sie hinter vorgehaltener Hand. „Statten Sie diesbezüglich doch unserem Nachbarn mal einen Besuch ab."

Jacques holte die Kopien seiner Landkarten heraus. „Das ist nicht zufällig das *Erdbeerland Kratzer*?" Er schob Frau Wallinger die entsprechende Kopie über den Tisch und zeigte mit dem Finger auf die Stelle, die er angekreuzt hatte. „Der hier?"

Frau Wallinger genügte ein einziger Blick. „Richtig. Verglichen mit dem ist ein Aal ein ganz strubbeliger Fisch."

Nach Kaffee und Kuchen führte sie ihn zu den Unterkünften für die Erntehelfer. Auf dem Weg dorthin sagte sie: „Wir beschäftigen seit Jahren dieselben Leute. Wir chartern ein Flugzeug und lassen sie über den Flughafen Lahr herbringen. Nach der Saison fliegen wir sie wieder zurück."

Was von außen wie eine normale Scheune aussah, entpuppte sich im Innern als eine Art Wohnheim, ausgelegt für zweiunddreißig Personen. Einzel- und Zweibettzimmer gab es zwar nicht, aber die Räume, jeweils vier auf beiden Seiten des mittleren Flurs, waren großzügig angelegt. Im Eingangsbereich vom Hof gab es zwei nach Geschlechtern getrennte WCs und Duschräume, im hinteren Teil eine voll eingerichtete Küche, die dem Vergleich mit einer Restaurantküche durchaus standhalten konnte.

„Wir stellen jedes Jahr für das Mittagessen extra einen Koch oder eine Köchin ein", erklärte sie. „Frühstück und Abendessen bereiten sich die Beschäftigten nach eigenen Bedürfnissen zu. Die Zutaten bekommen sie von uns gestellt."

Jacques war enorm beeindruckt. „Das alles kann nicht billig sein", dachte er laut. „Flugtransfers, Küche, Mindestlohn – rechnet sich das überhaupt?"

„Die Frage ist berechtigt. Es kommt auf die Größe des Betriebs an. Je größer, desto mehr Rendite", antwortete sie. „Wenn der Mindestlohn aber weiter rasant steigt, wird es knapp, wenn Sie verstehen, was ich meine."

Er sog Luft zwischen den Zähnen ein und nickte. „Eine andere Frage, deretwegen ich hauptsächlich hier bin. Kommt es vor, dass Erntehelfer oder -helferinnen während der Saison verschwinden? Abwandern oder untertauchen?"

Frau Wallingers grüne Augen verengten sich zu Sehschlitzen. „Also sind Sie doch ein Journalist?"

Jacques wiegelte ab. „Nein. Sie haben es ja bestimmt in der Zeitung gelesen, dass im ehemaligen Brauereistollen die Leichen von zwei Frauen gefunden wurden. Bei der einen wurde als Todeszeitpunkt das Jahr 2012 festgestellt. Um ehrlich zu sein: Es waren meine Frau und ich, die die Leichen zufällig gefunden haben, und man weiß bisher so gut wie nichts darüber, wer die Frauen waren oder woher sie kamen. Ich befasse mich rein privat mit der Sache. Von mir dringt nichts nach draußen. Aber da bis heute keine Vermisstenanzeigen vorliegen, dachte ich …"

„Sie dachten, dass es sich vielleicht um eine Saisonarbeiterin handeln könnte."

„Ja, warum nicht?"

Sie verließen die Unterkunft und betraten den Hof.

„Ich kann natürlich nur für unseren Betrieb sprechen. Wir holen die Helfer Mitte April in Rumänien ab, und sie bleiben bis Anfang August, wenn die Erdbeersaison vorbei ist. Dann fliegen sie wieder nach Hause. Ich kann mich an keinen Fall erinnern, dass eine der Frauen oder Männer uns vorzeitig verlassen hätte. Tut mir leid, wenn ich Ihnen da nicht dienlich sein kann."

Jacques ließ sich von Frau Wallinger anhand des Kartenausdrucks den kürzesten Weg zum *Erdbeerland Kratzer* beschreiben und radelte los. Er folgte einige hundert Meter der Bahnlinie Richtung Süden, immer an Wallingers Spargelkulturen entlang, unterquerte dann die Bahntrasse und befand sich unmittelbar danach auf Erdbeergebiet.

„Sie können es nicht verfehlen", hatte Frau Wallinger versprochen, und so war es auch. Inmitten weiter, flacher Felder musste das graue, langgestreckte Gebäude, auf das der Weg zulief, das Haus Kratzer sein. *Erdbeerland Kratzer.* Hier hatte niemand das Telefon abgenommen, als Jacques sein Kommen hatte ankündigen wollen.

Schon beim Näherkommen erweckte der Hof den Eindruck, dass auf solides oder nachhaltiges Wirtschaften kein so großer Wert gelegt wurde. Unter freiem Himmel verrotteten hunderte übereinander gestapelte Spankörbe und Obstpaletten, gammelten Erdbeerpflückwägelchen vor sich hin.

Nun fuhr er vor den Haupteingang und lehnte das Fahrrad an die Wand. Weil sich auf sein Klingeln im Haus nichts rührte, schickte er sich an, das Gebäude zu umrunden. Er bog um die erste Hausecke. Unversehens befand er sich vor einem Scheunentor, das weit offenstand. Wohnkomplex und Scheune befanden sich also unter einem Dach, wie er feststellte.

Er rief laut „Hallo" und spähte in die Scheune hinein, aber es schien niemand hier zu sein. Flüchtig registrierte er eine große Waage und einen Gabelstapler sowie mehrere Paletten mit Faltkartons. Er ging noch ein paar Schritte um die nächste Ecke und sah sich einem schwarzen Mercedes Geländewagen älterer Bauart gegenüber. Direkt dahinter war ein Bus geparkt. Hellblau lackiert. Das mutmaßlich ausgemusterte Relikt aus dem Fuhrpark irgendeines öffentlichen Verkehrsverbunds. Noch ein Stück weiter waren

drei leere Eisengehege zu sehen, wie sie für die Groß-
tierzucht üblich waren. Für Rinder oder Schweine.

„Was machen Sie hier?", rief plötzlich eine Män-
nerstimme hinter ihm.

Jacques drehte sich um. Ein Mann im *Blauen Anton*
und in Gummistiefeln stand vor ihm. Unter dem
Cordhut lugte drahtbürstengraues Haar hervor. Sein
gerötetes Gesicht schien ärgerlichen Auseinanderset-
zungen nicht abgeneigt zu sein. Irgendwo hatte er diesen Mann schon einmal gesehen.

*Ups, der sieht nicht aus, als würde er mich zum Kaf-
fee einladen*, dachte Jacques. „Herr Kratzer? Guten
Tag, mein Name ist Jacques Brasseur. Ich hab´ versucht, Sie anzurufen, aber …"

„Ich weiß, wer Sie sind. Sie sind der Kerl, der in der
Nagelschmiede immer am Tresen hockt."

Jacques war baff. „Stimmt. Jetzt weiß ich, woher
ich Sie kenne. Stammtischbruder."

„Mit den Herren vom Stammtisch hab´ ich nichts
gemein", schnauzte Kratzer zurück. „Ich trinke mein
Bier wann und wo ich will. Was haben Sie hier zu
suchen?"

Das war eindeutig unfreundlich und Jacques überlegte in Sekundenschnelle, wie er antworten sollte.
Würde er patzig werden, flog er womöglich schneller
vom Hof als ihm lieb sein konnte. Kam er direkt auf
die Erntehelfer zu sprechen, vielleicht auch. Er zählte
mit wippender Fußspitze bis drei und entschied sich
für einen Umweg.. „Der Bus."

„Was ist mit dem Bus?", kam die Frage wie von einer Kanone abgefeuert.

„Verkaufen Sie ihn?"

„Was?"

„Ob Sie ihn verkaufen. Er steht doch bloß hier rum."

„Dir haben sie wohl ins Hirn geschissen. Hau´ ab, Mann! Runter von meinem Hof, aber dalli!" Kratzer öffnete durch eine Viertelkörperdrehung den Fluchtweg und verstärkte mit unmissverständlich ausgestrecktem Arm die Aufforderung.

Falscher Umweg, dachte Jacques. *Also frontal.* „Ist Ihnen schon mal eine Erntehelferin abhandengekommen? Es gibt da gewisse Gerüchte im Dorf, dass Sie nicht gerade zimperlich mit den Leuten umgehen."

„Runter von meinem Hof!!!", brüllte Kratzer zornesrot. „Oder ich mach´ dir Beine!"

Scheiße, das war zu frontal. Und den Kaffee kann ich mir abschminken, dachte Jacques und suchte eilig das Weite.

Mit dem unbefriedigenden Ergebnis im Kopf kehrte er auf gleichem Weg zum Wallinger-Hof zurück. Frau Wallinger rangierte gerade einen Traktor an die Deichsel des Apfelanhängers. Sie stellte den Motor ab, als Jacques sich näherte.

„Na? Erfolg gehabt?" Ihr Grinsen war eine Melange aus Schadenfreude und Mitleid.

Jacques grunzte. „Eine Frage hab´ ich noch: Zu was braucht der Kratzer einen Bus?"

„Ganz einfach. Wir holen unsere Leute mit dem Flugzeug ab. Er karrt sie mit dem Bus durch halb Europa."

„Verstehe", sagte er. „Was ist falsch daran?"

„Ha, haben Sie den Bus angeschaut? Kein Gepäckraum, keine Bordtoilette, kein Komfort. Es ist eine Zumutung und eine Strapaze für die Leute."

„Sie sind nicht gut auf die Kratzers zu sprechen, nehme ich an?" Er formulierte die Feststellung wie eine Frage.

„Sie sind eine Schande für unsere Branche", urteilte sie. „Gucken Sie mal ins Internet. Aber die Behörden unternehmen nichts. Einen schönen Tag wünsche ich Ihnen." Sprach's und warf den Motor wieder an.

Jacques hob eine Hand. Eine Frage hatte er noch: „Halten die Kratzers Tiere?"

„Früher!", rief sie zurück. „Schweine! Hat nicht funktioniert!"

Eigentlich hätte der Bus seit Stunden unterwegs sein sollen. Aber irgendein Arschloch hatte den Fahrer in der Kneipe mit Schnaps abgefüllt, und jetzt lag er sturzbesoffen im Hinterzimmer der Kneipe auf dem Sofa und schlief den Rausch aus.

Morgens in der Früh losfahren, auf einem Autobahnparkplatz übernachten, dann nonstop weiter bis nach … Jenica wusste nicht mal wohin. So jedenfalls wäre der Plan gewesen. Jetzt war es Mittag, und alle warteten darauf, dass der Fahrer nüchtern wurde.

Diejenigen, die in der Nähe wohnten, waren nochmal nach Hause gegangen, hatten ihr Gepäck jedoch im Schatten des Busses abgestellt. Man würde sie verständigen, wenn es endlich losginge.

Jenica würde nicht wieder nach Hause gehen. Sie hatte sich bereits tränenreich von ihrer Mutter verabschiedet und wollte ihr und sich den Schmerz nicht noch einmal zumuten. Mutter hatte es schwer genug. Ihr Sohn hatte sich als Hilfsmatrose verdingt und schipperte auf einem rostigen Seelenverkäufer über die Weltmeere. Mutter und Jenica hatten ihn über ein dreiviertel Jahr lang nicht mehr gesehen. Wenn Jenica jetzt nach Deutschland fuhr, würde Mutter ganz allein daheim sein. Aber sie hatten keine andere Wahl. Die Witwenrente des verstorbenen Vaters reichte hinten und vorne nicht. Geld ihres Bruders traf nur unregelmäßig ein, wenn er bei einem Landgang eine Postanweisung tätigen konnte. Ein Konto bei einer Bank besaßen sie nicht.

Es sollte Jenicas erster Einsatz als Erntehelferin im reichen Deutschland sein. Sie war dreiundzwanzig, schlank, hatte lange dunkelbraune Haare, war ledig – und arbeitslos. In Rumänien, genauer gesagt in Sibiu, gab es kaum Arbeit für Frauen ohne Ausbildung.

Die letzte bezahlte Arbeit hatte sie zum Jahreswechsel verloren. Eine Fließbandstelle in einer Elektronikfabrik, wo sie von Hand Halbleiterbauelemente auf Steuerungsplatinen für Waschmaschinen gelötet hatte. Nach der Modernisierung der Firma verrichtete nun eine Bestückungsmaschine in einer Minute die gleiche Arbeit, für die fünfzehn Frauen eine Viertelstunde benötigt hatten. Dagegen gab es keine Argumente. Wer auf eine auch noch so geringe Abfindung gehofft hatte, war enttäuscht worden, und das bisschen Ersparte reichte selbst unter Entbehrungen nur bis Mitte April. Das letzte Geld hatten sie dem Job-Vermittler Ion Marinescu in die Hände gedrückt. Erntehelfer gesucht.

Eine Freundin ihrer Mutter hatte im Supermarkt von dem Bus gehört, der Arbeiter nach Deutschland bringen würde. Drei Monate Arbeit, von Anfang Mai bis Anfang August. Erdbeeren pflücken. Dafür brauchte sie weder einen höheren Schulabschluss noch ein Studium.

Und nun saß sie hier auf dem Bordstein neben dem hellblauen Bus, die nackten Füße in abgelatschten Ballerinas, und wartete auf den Busfahrer.

Ion Marinescu stand schräge gegenüber am Straßenrand und klopfte vor einigen anderen Mitfahrern große Sprüche, die linke Hand tief in der Hosentasche versenkt. Entweder spielte er mit seinen Eiern oder mit den zusammengerollten Geldscheinen, die er als Bezahlung für die Vermittlertätigkeit einkassiert hatte. Zweihundertfünfzig RON pro Person, umgerechnet ungefähr fünfzig Euro. Ein hübscher Nebenverdienst, wenn der Bus vollbesetzt sein würde.

Es ging bereits auf die Mittagszeit zu, als Bewegung in die Wartenden kam.

Dienstag 29. September

Black sheep farming hieß die Internetseite, auf der Jacques fündig wurde. Berichte investigativer Journalisten über Machenschaften und Tricks landwirtschaftlicher Betriebe, gesetzliche Vorschriften zum eigenen Vorteil auszulegen. Vordergründig legal, war ihnen juristisch so gut wie kein Vergehen nachzuweisen. Man musste ihnen sogar eine gewisse Cleverness zugestehen, wenn auch die Ergebnisse ihres Handelns zutiefst unlauter waren.

Erdbeerland Kratzer wurde mit zwei Beiträgen angeschwärzt. Einmal über die Praxis, den Mindestlohn nur bei Erreichen einer aberwitzig hoch angesetzten täglichen Mindestpflückmenge auszuzahlen, die weder an einem Acht- noch Zehnstundentag erbracht werden konnte. Das andere Mal mit einer Fotodokumentation über die wohnlichen und sanitären Verhältnisse für die Erntehelfer.

Jacques betrachtete die Bilderreihe mit fassungslosem Entsetzen. Ein offenes Massenlager aus schäbigen Bettgestellen ohne Privatsphärenbereich und ohne Geschlechtertrennung für circa zwanzig Personen, von drei Seiten einsehbar. Eine einzige versiffte Toilette, eine Dusche für alle. Als Küche dienten zwei Biertischgarnituren, ein elektrischer Wasserkocher, ein elektrischer Zwei-Platten-Herd und ein Regal mit unterschiedlichstem Geschirr. Lichtjahre vom Angebot der Wallingers entfernt.

Wie kann das funktionieren?, dachte er. *Über Jahre hinweg? Wieso schreiten bei solchen Missständen die Behörden nicht ein?*

In der untersten Zeile der Fotoreihe tauchten anonymisierte Kopfbilder auf, die als Platzhalter für echte Fotos der Besitzer und Betreiber des *Erdbeerlands* herhalten sollten.

Aber so ist das nun mal in Zeiten von Daten- und Persönlichkeitsschutz, dachte Jacques.

Jedenfalls wusste er nun, dass Kratzers *Erdbeerland* Erntehelfer beschäftigte. Zu welchen Konditionen war auf der Internetseite zum Fremdschämen sichtbar gemacht. Jacques ging davon aus, dass die Bewerber auf einen Sommerjob über die örtlichen Verhältnisse nicht im Voraus informiert wurden.

Jetzt im Nachhinein ärgerte er sich, dass er sich vor Kratzers Scheune nicht schlauer angestellt hatte. Dass er sich durch das massive Auftreten Kratzers den Schneid hatte abkaufen lassen, anstatt einen kühlen Kopf zu bewahren. Und seit dieser Begegnung mit ihm forschte er das Gedächtnis durch, ob er ihn nicht schon des Öfteren am Stammtisch in der *Nagelschmiede* gesehen hatte als jenes eine Mal, als Lotta ihren großen Auftritt zelebrierte. Doch der Speicher war leer.

Sie müssen einander kennen, überlegte er. *Frieder, Manni, Schorsch, Paul und Kratzer. Talhalden ist ein Dorf, da kennt jeder jeden. Und wer am Stammtisch geduldet wird, gehört zum Klüngel.*

Jacques klappte den Laptop zu. Missmutig musste er mit ansehen, wie ihm die Fäden eines konstruierten Zusammenhangs zwischen Erntehelfern und dem Tod einer Frau vor drei Jahren aus den Händen glitten und uneinholbar durch die weiten Maschen seines ausgeworfenen Netzes verschwanden. Dabei war er überzeugt, dass es so war: Die Tote muss eine Erntehelferin gewesen sein. Aber irgendwie war ihm bis heute ständig das Bild der Stammtischbesetzung dazwischen gehuscht, ohne dafür einen Bezugspunkt ausmachen zu können. Nur weil die Männer vom Stammtisch mit ihm einen privaten Kleinkrieg führten, durfte er sie nicht automatisch mit den Toten vom Stollen in Verbindung bringen. Sie waren zwar Idioten, deswegen aber noch lange keine Mörder. Jacques wusste, dass er in dieser Hinsicht differenzieren musste. Und doch war es so, dass ihm die erklärten Vollpfosten den Blick versperrt hatten. Oder etwa nicht? Hatten sie ihm eventuell erst den Blick eröffnet, und er hatte den Hinweis einfach nicht gesehen?

In Jacques' Kopf drehte sich eine Magnetspule ohne Anschluss an eine Lichtquelle. Wenn ihm nicht bald etwas einfiele, würde er aus Zappendusterhausen nicht mehr hinausfinden.

Fang noch mal von vorne an, mahnte er sich zur Ruhe.

Die Tote aus dem Stollen war eine Erntehelferin. Angenommener Fakt.

Erdbeer-Kratzer beschäftigt Erntehelfer. Fakt.

Erdbeer-Kratzer und Erntehelfer stellen eine Verbindung dar. Fakt.

Kratzer und die Stammtischler kennen sich. Fakt oder Zufall?

Stecken Kratzer und die Stammtischler unter einer Decke? Frage.

Wenn ja, warum ist Kratzer bei Lottas Auftritt in der Nagelschmiede vorzeitig gegangen? Frage.

Weil er nichts mit ihnen zu tun hat, wie er behauptet hatte?

So weit so gut. Aber was war noch? War nicht noch etwas anderes?

Oder verwechsle ich etwas?

Jacques rief Lotta an. „Du musst mir helfen", stürmte er los. „Weißt du noch …?"

„Guten Morgen **erschtmal**, mein Lieber. Was gibt's denn so Dringendes?"

Er erklärte sein Dilemma.

„Nichts leichter als das", antwortete sie. „Wir haben uns gewundert, woher die Typen vom Stammtisch nur vier Stunden nach Entdeckung der Toten wissen konnten, dass es mehr als bloß eine tote Frau waren. Wir haben gewerweißt, ob es bei der Polizei eine undichte Stelle gab oder eventuell sogar Täterwissen infrage kommen könnte."

Endlich ging ihm ein Licht auf. „Das ist es, was mir partout nicht hat einfallen wollen", sagte er erleichtert. „Kannst du dich daran erinnern, einen Mann mit Cordhut gesehen zu haben?" Er brauchte eine Bestätigung.

„**Selbschtverständlich**. Der, der als **erschter** die Kneipe verlassen hat", sagte sie im Brustton der Überzeugung. „Aber das war Monate später. Unsere **erschte** gemeinsame Begegnung mit dem Stammtisch war Ende Mai. Als du den Tisch umgeworfen **hasch**."

Jacques holte tief Luft. „Richtig. Da hab´ ich was verwechselt. Du hast etwas gut bei mir", sagte er ohne weitere Ausführung, beendete das Gespräch, nur um sofort eine neue Nummer zu wählen.

Ion Marinescu klatschte in die Hände. „*So, meine Herrschaften. Hört alle mal her. Die Fahrt geht gleich los. Geht jetzt nochmal auf die Toilette in der Kneipe drüben. Nächste Möglichkeit zum Austreten gibt es erst wieder in Ungarn. Nur damit ich es gesagt habe.*

Anschließend besteigt ihr nacheinander den Bus. Ausweise und Pässe gebt ihr beim Busfahrer ab. Das Gepäck könnt ihr im Stehplatzbereich bei der hinteren Tür abstellen. Noch Fragen?"

Der Bus verfügte über einundvierzig Sitzplätze. Die siebenunddreißig Passagiere, die die Vermittlungsgebühr bezahlt hatten, würden also bequem unterkommen, wenn man die Sache rein rechnerisch betrachtete. Dass bei einer Fahrt über tausend Kilometer die Bequemlichkeit langfristig auf der Strecke bleiben würde, erfuhren die Erntehelfer in spe erst später.

Jenica hoffte, dass der Mann in Blue Jeans und schwarzer Lederjacke, der von irgendwoher auf den Bus zugeschlichen kam, nicht der Busfahrer sein würde. Obwohl er ihr völlig fremd war, erkannte sie an ihm die typischen Auffälligkeiten eines geübten Trinkers. Sein Gesicht war von den Spuren der vergangenen Nacht gekennzeichnet. Oder vieler Nächte wie die zurückliegende, denn wegen nur einer durchzechten Nacht sah man für gewöhnlich nicht so desolat aus. Tiefblaue Augenringe waren das hervorstechendste Merkmal. Aber Jenica stellte noch andere Anzeichen fest, die einen Alkoholiker prägten. Feuchte rote Nase; verschwommene Augen; zittrige Finger. Bei ihrem Vater kamen im Endstadium die gelb gefärbten Augen dazu und der leicht nach links geneigte Oberkörper, um die Leber zu entlasten. Ganz so weit war der Busfahrer noch nicht, konstatierte sie beinahe dankbar, denn als jener stellte er sich heraus. Er fischte einen Schlüsselbund aus der Hosentasche und öffnete die Vordertür des Busses. Jenica schätze sein Alter zwischen dreißig und vierzig Jahre.

Das dünne Haar hatte er mit Wasser straff nach hinten gekämmt. Getrocknet würde es ihm bald ohne Fasson in Strähnen um den Kopf wehen. Wahrscheinlich als Ausgleich für die schwindende Haartracht hatte er sich einen Schnurrbart wachsen lassen. Von der Unterlippe bis zum Kinn verlief schräg eine dünne Narbe, die er sich vermutlich schon in jungen Jahren zugezogen hatte.

Man hatte zum Einsteigen eine Schlange gebildet und ein jeder hielt seine Ausweispapiere bereit. Jenica, die weiter hinten stand, bemerkte, dass der Fahrer immer wieder die Augen auf sie richtete. Weil sie die jüngste unter den Frauen war? Oder bildete sie sich das bloß ein?

„Du scheinst ihm zu gefallen", flüsterte die Frau hinter ihr in der Schlange. Also trog ihr Gefühl nicht.

Als sie an der Reihe war, lenkte er seine dreisten Blicke unverschämt auf ihren Busen und in den Schritt. Er sagte etwas auf Deutsch und versuchte, seine Augen mit den ihrigen zu verknüpfen, aber sie verstand seine Worte nicht, schlug die Augen nieder und suchte hastig einen Sitzplatz.

Sie zählte insgesamt vierundzwanzig Männer und dreizehn Frauen.

Der Fahrer wartete, bis jeder einen Platz eingenommen hatte. Dann schloss er die Türen und startete mit siebenstündiger Verspätung die Fahrt nach Deutschland.

Jenica hatte einen Fensterplatz im mittleren Bereich ergattert. Neben sie setzte sich eine etwa dreißigjährige Frau, deren Kleider stark nach Waschpulver rochen. Sie stellte sich als Bekannte von Mutters Freundin vor, doch Jenica hatte sie noch nie gesehen. Ihre Nase reagierte empfindlich auf den aufdringlichen Duft, sodass sie sich durch den Mund zu atmen genötigt sah. Schon bald aber wurde die Luft von einem anderen Dunst geschwängert. Alkohol, der in Flaschen von Mann zu Mann gereicht wurde. Und es dauerte auch nicht lange, bis die Zigaretten zu qualmen begannen.

Jenica fühlte sich in die Vergangenheit zurückgeworfen. So hatte ihr Vater immer gestunken, wenn er aus der Kneipe nach Hause gekommen war und in frivoler Stimmung Mutter zum ehelichen Sex hatte animieren wollen. Aber meistens und gottlob war er vorher einfach am Tisch eingeschlafen. Alkohol war letztlich auch sein Todesurteil gewesen.

Es konnte nicht lange währen, bis dem ersten der Trinker die Blase schwächelte und er vom Busfahrer einen Stopp verlangte. Als dieser nicht sofort anhielt, öffnete der Kerl ungeniert seinen Hosenstall und drohte, in den Bus zu pissen. Zu dieser Zeit war man noch weit von Ungarn entfernt und Jenica fragte sich, ob sie diese Reisegesellschaft drei Monate lang ertragen konnte.

„Jacques, im Moment ist es gerade ganz schlecht", meldete sich Edgar Schaaf. „Wenn's wichtig ist, komm' ich nach Feierabend bei dir vorbei."

„Und wenn nicht?" Jacques war in der Bewertung nicht ganz sicher.

Schaafs schwerer Atem drang durchs Telefon. „Ich ruf' dich an. Bis später." Er hatte aufgelegt.

Ob es wichtig ist?, fragt er mich. Woher soll ich das wissen?

Jacques fühlte sich ausgebremst. *„Ich ruf' dich an. Bis später."*

Verdammt, ein Mörder läuft frei herum, dachte er. *Läuft schon seit drei Jahren frei herum. Hier in Talhalden.*

Er trat vor die Tür und schaute zum Stollen hinauf. Das eiserne Tor glotzte wie das Auge eines Zyklopen bedrohlich zurück. Eine ungute Vorahnung durchströmte ihn.

Humbug, dachte er und verscheuchte alle unheilvollen Gedanken. *Was soll schon passieren?*

Nur einen Moment lang zog er die Idee in Betracht, Kommissar Schlendrich aus Baden-Baden zu kontaktieren. Schließlich lag der Fall in dessen Händen. Da sich dieser jedoch seit Ende Mai nicht mehr in Talhalden hatte sehen lassen, verweigerte ihm Jacques das Vertrauen. *Oder war er ohne mein Wissen da gewesen? Oder einer seiner Assistenten? Wohl kaum. Das hätten Lotta und ich mitgekriegt.*

Es blieb ihm keine andere Möglichkeit, als auf Edgar Schaafs Rückruf zu warten. Weil er aber nicht die ganze Zeit vor dem Festnetzanschluss sitzenbleiben wollte, stellte er die Rufumleitungsfunktion auf das Handy ein, schwang sich aufs Fahrrad und strampelte in die Ortsmitte. Es war kurz nach dreizehn Uhr, und wenn er Glück hatte, erwischte er den Ortsvorsteher mit gesättigtem Magen und guter Laune. Der aber empfing Jacques, ohne vom Schreibtisch aufzusehen, mit den Worten:

„Wieso werde ich das komische Gefühl nicht los, dass mir durch deinen Besuch Ungemach droht? Setz´ dich. Was ist los? Bitte nicht schon wieder wegen der toten Frauen, Jacques, denn ich weiß von nichts."

„Nein, ich komme wegen einer anderen Sache. Was wird von der Gemeinde eigentlich gegen die unmenschliche Unterbringung und die Ausbeutung von Erntehelfern unternommen?"

„Ach, das ist doch Bockmist, Jacques." Pinter warf sichtlich genervt seinen Kugelschreiber auf den Schreibtisch. „Damit kannst du mir jetzt nicht kommen. Die Gemeinde hat mit Erntehelfern gar nichts am Hut. Das sind Angelegenheiten der Landratsämter, Regierungspräsidien und Wirtschaftskontrolldienste. Du redest vom *Erdbeerland*, nicht wahr?"

Jacques nickte. „Also weißt du davon. Es geschieht in deinem Königreich, wenn man so will."

„Gib mir eine Schüssel Wasser, und ich wasche meine Hände in Unschuld. Wende dich an die Presse oder an eine der Menschenrechtsorganisationen. Wenn du sonst nichts mehr hast, bitte ich dich zu gehen. Ich habe zu arbeiten."

„Gutes Stichwort", griff Jacques das letzte Wort Pinters auf. „Arbeiter. Die Gemeinde betreibt den Bauhof und beschäftigt dort einige Personen. Ich als steuerzahlendes Gemeindemitglied möchte wissen, mit wem ich es zu tun habe. Wer zum Beispiel vor meinem Grundstück die Straße kehrt. Ich meine die Vor- und Nachnamen der Männer."

Pinter nahm offizielle Haltung ein. „Du hast doch irgendeine Schweinerei vor."

„Siehst du", antwortete Jacques. „Die Schweinerei haben deine Leute vom Bauhof angerichtet. Ich brauche ihre Namen für die Polizei zur Vervollständigung meiner Anzeige wegen mutwilliger Sachbeschädigung."

Pinter stöhnte: „Wie kann ein einzelner Mensch einem derart den Nachmittag verderben."

Jenica wusste nicht mehr, wie sie sitzen sollte. Allen Gewichtsverlagerungen und Positionsveränderungen zum Trotz waren die Muskeln in Gesäß und Oberschenkeln eingeschlafen. Der Hosenboden der Jeans fühlte sich feucht an. Sie hoffte, dass es am schweißfördernden synthetischen Bezug des Sitzpolsters lag und nicht an der Undichtigkeit ihrer Blase, denn seit geraumer Zeit wurde sie von Harndrang geplagt. Es war nicht lustig, wenn man durch die ewige Hockerei vom Bauchnabel abwärts keine Kontrolle über den Körper mehr hatte. Ihrer Sitznachbarin erging es ähnlich, doch weder die eine noch die andere getraute sich, den Busfahrer um einen Halt zu bitten.

Sie hatte noch nie eine so schreckliche Nacht erlebt. Auf einem Rastplatz an der Autobahn Ungarns. Zwangspause für den Fahrer, der die Lenkzeitvorschriften einhalten musste.

Vierundzwanzig ausdünstende furzende schnarchende Männer; dreizehn nicht minder zurückhaltende Frauen, eingenommen sie selbst. Das Ächzen und Stöhnen, Trampeln und Poltern, wenn jemand nach draußen ging um frische Luft zu schnappen, zu rauchen oder auszutreten. Es war ja nicht so einfach, über schlafende Leiber hinwegzusteigen oder den Sitznachbarn wecken zu müssen, damit man an ihm vorbeikam. Und dann wieder alles in umgekehrter Reihenfolge.

Schlimm für jemanden wie Jenica, zum Kacken einen Ort zu suchen, der noch von keinem vor ihr aufgesucht worden war. Weit genug entfernt vom Bus und von den Augen der anderen, die vielleicht nur so taten als ob sie schliefen. Weit genug in die Nacht hinein, ohne Licht, als Frau.

Zurückzukommen in die stinkende Luft des Busses, wo alle Männer so taten, als ob sie schliefen, was eine glatte Lüge war, weil Männer sowieso immer lügen und nie schlafen, wenn eine Frau auf die Toilette geht.

Dann die quälend langen Stunden von Beginn des Morgengrauens bis zum hellen Tag. Zigarettenrauch vom ersten Sonnenstrahl an. Mit steigender Sonne die gleichsam wachsende Hoffnung, dass die Reise doch bitte bald zu Ende sein würde.

Einige ergingen sich in stoischem Gleichmut. Diejenigen, die sich kannten oder jetzt gerade Bekanntschaft schlossen, murmelten unterdrückt miteinander. Erzählten von den Familien und Verwandten und der politischen und wirtschaftlichen Lage im Heimatland. Andere hingen, einen deftigen Kater im Kopf, schräg und schief auf den Sitzen, starrten mit glasigen Augen ins Nichts oder hielten die Lider geschlossen.

Jenica presste den dröhnenden Kopf ans Fenster und zählte die Kilometer, die auf kleine Täfelchen geschrieben an ihr vorbeisausten. Eine Vorstellung davon, wo auf der Landkarte sie sich befand, hatte sie nicht. Dass es ein anderes Land sein musste, merkte sie am zunehmenden Autoverkehr, an der Art der Autos und an den Geschwindigkeiten, mit denen der Bus überholt wurde. Vielleicht war es schon Deutschland. Sie hatte nicht aufgepasst, was der Busfahrer übers Mikrofon gesagt hatte.

„Deutschland", sagte die Frau neben ihr. „Noch ungefähr fünfhundert Kilometer. Vielleicht sechs Stunden Fahrt."

Deutschland, dachte Jenica. Deutschland, das gelobte Land.

Der Bus wurde langsamer und scherte aus der Kolonne der Lastwagen aus. Ein Rastplatz mit Tankstelle kam in Sicht. Eben noch in Lethargie versunken, sorgte die Aussicht auf eine Pause für neues Leben unter den Passagieren. Toilette, Beine vertreten, frische Luft schnappen, vielleicht am Kiosk eine Kleinigkeit kaufen. Der eine oder andere besaß ein paar Euro. Jenica nicht.

Sie schämte sich, dass sie der Toilettenfrau keine Münze in den bereitgestellten Teller legen konnte, denn sie hatte die sanitäre Einrichtung weidlich zur Körperpflege benutzt. Aber als sie ihrer Sitznachbarin in den Verkaufsshop neben dem Autobahn-Restaurant folgte, meinte sie noch immer nach Zigarettenrauch zu stinken.

Sie wollte nur das Warenangebot anschauen. Die Handtaschen, die Sonnenbrillen, die Parfums, bedruckte T-Shirts, Baseballkappen, Süßigkeiten,

Zeitschriften, Bücher, Spielsachen. Jenica kannte diese Dinge nur aus dem Fernsehen, aus der Werbung oder ausländischen Filmen, aber nicht in solchen überbordenden Massen. Die Fülle wirkte erdrückend, sodass der einzelne Artikel durch die schiere Anzahl an Wert einbüßte. Und dennoch konnte Jenica nichts von alledem kaufen.

Neidisch beobachtete sie andere Frauen, die vor der Kasse anstanden und entweder mit Bargeld oder mit Kreditkarten bezahlten. Wie sie bekleidet waren; wie sie frisiert und geschminkt waren; welchen Schmuck sie trugen. Ein schmaler Spiegel in einer Ecke des Ladens, in dem sie sich betrachtete, zeigte ihr schonungslos die Unterschiede. Nur in einem Punkt fand sie Übereinstimmung: Dass sie eine Frau war. Ansonsten, selbst wenn sie alle Äußerlichkeiten wegließ, lagen Welten dazwischen, von der Haltung angefangen, über die Art zu schauen, bis zum selbstsicheren Auftreten. Aus Trotz warf sie den Kopf in den Nacken und streckte ihrem Spiegelbild provokant das Kinn entgegen. *Du bist lächerlich, Jenica*, dachte sie.

Da hupte draußen auch schon der Bus und drängte zur Weiterfahrt.

Auf Edgar Schaafs Anruf konnte er auch warten, während er Strohhalme auf Weihnachtspostkarten klebte. Doch so ganz mit Herz und Verstand bei der Sache war er nicht. Er befasste sich hingegen überwiegend mit den sieben Namen, die Ortsvorsteher Pinter ihm diktiert hatte. Gemeindeangestellte, beschäftigt im gemeindeeigenen Bauhof. Der Zettel lag neben dem Strohvorrat.

Drei der Namen sagten ihm nichts. Die anderen vier allerdings schon, nur dass ihm bislang lediglich deren Rufnamen geläufig waren. Friedhelm *Frieder* Meng, Manfred *Manni* Dahlbusch, Georg *Schorsch* Weisenberg, Paul Kleinert.

Während er die drei erstgenannten für die Wortführer der Gruppe hielt, mit Frieder an der Spitze, sah er in Paul eher einen Mitläufer, der beim bestehenden Arbeitsverhältnis im Kreise seiner Kollegen keine andere Wahl hatte, als mit den Wölfen zu heulen. Jacques meinte sich zu erinnern, dass Paul über die verbalen Angriffe das eine oder andere Mal peinlich berührt gewesen war. Darüber hinaus war Paul der jüngste von den vieren.

Obwohl man immer eine Wahl hat, sofern man ein Rückgrat besitzt, dachte Jacques. *Aber es ist nicht jedem gegeben, oder es wurde irgendwann gebrochen.*

Hinter die Namen hatte er die Daten notiert, wann die Arbeitsverhältnisse der Kandidaten jeweils begonnen hatten. Waren Frieder, Manni und Schorsch schon vor der Jahrtausendwende eingestellt worden, stand bei Paul das Jahr 2013 zu Buche. Auf die Frage nach den Qualifikationen für diesen Job hatte der

Ortsvorsteher den Ordner zugeklappt. „Das geht zu weit, Jacques", hatte er gesagt.

Trotz Erwartung von Edgar Schaafs Anruf erschrak Jacques, als das Telefon endlich klingelte. Doch war nicht der es, der anrief, sondern Lotta.

„Du **wirsch** es nicht glauben, was soeben vor der Tür passiert", begann sie.

„Dein Talent, einen Spannungsbogen aufzubauen, ist unübertroffen", erwiderte er. „Erzähl´."

„Das **Schaufenschter** wird geputzt. Was **sagsch** du nun?"

Jacques´ Gedanken schlugen Purzelbäume.

„Gell, da **bisch** du sprachlos. Gebäudereinigung *Jurecic* aus Durlangen. **Hasch** du die eventuell bestellt?"

„Das wüsst´ ich aber", antwortete er. „Frag´ sie doch einfach."

„Hab´ ich schon. Sie dürfen den Auftraggeber nicht preisgeben. Geschieht auf Rechnung."

„Seltsam", meinte er. „Vielleicht hat da einer ein schlechtes Gewissen bekommen. Ich weiß zwar nicht, für was es gut sein sollte, aber mach´ doch mal ein Foto von der Aktion." Jacques hörte mit, wie Lotta nach Nadja rief und ihr dementsprechend eine Anweisung gab.

„Foto wird gemacht", meldete sie sich zurück. „Und du? Was **machsch**?"

„Weihnachtspostkarten. Und ich warte, dass Edgar Schaaf anruft."

Als Lotta am Abend nach Hause kam, befand sich Jacques noch immer im Wartestand. Dafür konnte er einen ansehnlichen Stapel Postkarten vorzeigen.

„Und gekocht **hasch** du nix?", nahm sie ihn auf den Arm.

„Ach **weisch**, ich hab´ halt kei **Luscht** g´habt", begegnete er ihr auf gleicher Schiene.

Lotta konnte das Lachen nicht unterdrücken. „Komm´ mal her, du badisches Urgestein. Mit dem Akzent, da **mussch** du noch viel lernen. Vielen Dank, mein Lieber für deine Unterstützung. An **Poschtkarten** dürften wir jetzt wirklich genug haben. Im **nägschten** Jahr **darfsch** du dann **Oschtereier** färben."

Jacques rieb sich das Kinn und tat versonnen. „Ich glaube je länger desto mehr, dass die Idee mit der Nähstube doch nicht so gut war wie gedacht."

Es war die Türglocke, die Jacques vor Lottas tätlichem Angriff rettete.

Oder hat die blöde Klingel eine Kissenschlacht mit anschließendem Liebesspiel verhindert?, fragte er sich. *Wenn es so sein sollte, erwürg´ ich den, der vor der Tür steht.*

„Edgar Schaaf, wie schön. Komm´ rein", begrüßte Lotta den Ankömmling.

„Guten Abend, allerseits", betrat der Kommissar die Wohnung. „Hoppla, Jacques, du siehst aus, als würdest du Amok laufen wollen. Hab´ ich etwas verpasst?"

„Nein, nein, schon gut, Edgar. Alles in bester Ordnung", antwortete er und warf Lotta einen prüfenden Blick zu.

„Äääh … ich kann auch wieder gehen, falls ich ungelegen kommen", bot Edgar Schaaf an.

„Nein, nein, es **isch** wirklich okay", bestimmte Lotta. „Setz' dich bitte an den Tisch. **Hasch** du Hunger? Sollen wir vielleicht Pizza bestellen?"

Der Kommissar lehnte ab. „Danke, nein. Es … war ein langer Tag. Ich will dann auch wieder nach Hause. Jacques, was ist es, wofür du meine Hilfe brauchst. Übrigens steht das Ergebnis der Farbuntersuchung fest. Es handelt sich um eine Mischung, die man zum Beispiel für Fahrbahnmarkierungen verwendet."

„Ja da schau her", stellte Jacques die Ohren auf Empfang. „Da hab' ich doch erst gestern in einem Bauwagen an der Straße nach Durlangen diverse Kanister gesehen. Womöglich …"

Edgar Schaaf winkte ab. „Ich ahne, was du denkst. Aber um den Bauwagen betreten zu dürfen, brauchst du einen Durchsuchungsbeschluss. Den stellt dir in diesem Fall bestimmt kein Richter aus. Die Verhältnismäßigkeit ist einfach nicht gegeben. Und wie ich bei der Vorbeifahrt vorhin gesehen habe, ist die Schaufensterscheibe wieder sauber. Es ist also kein bleibender Schaden entstanden. Habt ihr die Anzeige bereits zurückgezogen?"

„Nein, noch nicht", antwortete Lotta. „Wir wollten deinen Rat abwarten. Denn nicht wir haben die Scheibe geputzt, sondern eine Firma aus Durlangen hat es erledigt, im Auftrag einer Person, die anonym bleiben möchte."

Edgar Schaaf fügte die Hände zur Merkel-Raute. „Na, dann ist doch alles prima. Oder was wolltet ihr noch?"

Jacques rutschte auf dem Stuhl hin und her, als bräuchte er stabilen Sitz. „Pass´ auf Edgar, die Sache mit der Schaufensterschmiererei würde ich nicht so ernst nehmen, wenn ich nicht die vier Männer in Verdacht hätte, die Lotta und mich im Vorfeld beleidigt hatten. Mich nennen sie Schabrack, Lotta Schaluppe. Gut, wir haben uns auf unsere Weise gewehrt, und die Schmiererei am Schaufenster war ein Racheakt ihrerseits.

Was mir jedoch wichtiger erscheint: Am Tag, als Lotta und ich auf die Leichen gestoßen sind, haben genau diese vier Männer nur vier Stunden später gewusst, dass es mehr als eine Leiche waren. Mich treibt die Frage um, woher sie diese Information haben konnten. Von der Polizei? Oder weil sie die Toten selber gesehen haben?

Heute Morgen hab´ ich mir vom Ortsvorsteher die Namen der Männer geben lassen. Alle vier sind bei der Gemeinde als Bauhofarbeiter angestellt. Mich interessiert, ob es Verbindungen gibt zwischen ihnen und – da wird es wieder theoretisch, der zweiten Toten gibt, unter Berücksichtigung der Annahme, dass diese eine Erntehelferin gewesen ist."

Edgar Schaaf grinste breit. „Entschuldige Jacques, aber ich glaub´, ich höre mich selber reden. Damit ich´s verstehe: Du willst dass ich überprüfe, ob die von dir genannten Männer in einem Zusammenhang mit dem Mord an der unbekannten Frau aus dem Stollen stehen?"

„Ja, als Polizist hast du die Möglichkeit dazu. Du weißt, was ich meine. Personen- oder Vorstrafenregister oder was auch immer. Und bestimmt kannst du auch herausfinden, wer der Firma *Jurecic* den Auftrag zur Fensterreinigung gegeben hat. Wenn es einer der vier gewesen ist, und daran zweifle ich nicht, dann hat er ein starkes Interesse daran, dass wir die Anzeige zurückziehen und die Polizei keine Handhabe mehr hat, gründlicher als nötig zu ermitteln. Kann der Kriminalist in dir mir folgen?"

Es war noch einmal Abend und Nacht geworden. Von ihrem Fensterplatz aus hatte Jenica die Sonne im Westen untergehen sehen. *Wenn Westen rechts zur Fahrtrichtung des Busses liegt,* überlegte sie, *dann fahren wir jetzt nach Süden. Das wird in Deutschland nicht anders sein als in Rumänien.*

Die Fahrt entwickelte sich zur Tortur. Unter den Passagieren machte sich Unmut breit. Erneut spielte Alkohol eine Rolle. Eine Gruppe von fünf Männern belagerte den Fahrer und beschimpfte ihn. Doch der wusste sich zu wehren. Ein schneller böser Tritt auf die Bremse holte die Kerls von den Beinen. Zwei landeten auf den Stufen des Einstiegs.

„*Hinsetzen!!*", brüllte der Fahrer und öffnete bei voller Fahrt die vordere Tür. Frischer Wind und die gefährliche Nähe der vorbeirasenden Leitplanke kühlten die Hitzköpfe kurzfristig ab. Die Flüche und Bedrohungen nahmen jedoch kein Ende.

Endlich fuhr er von der Autobahn herunter und das Tempo verringerte sich.

„*Fünf Kilometer!*", rief er und wiederholte: „*Fünf Kilometer!*"

Links und rechts verschwand die Landschaft im Nachtschatten. Nur die Scheinwerfer schnitten einen hellen Streifen aus der Dunkelheit. Dann endete die Asphaltstrecke und der Bus holperte über Kieswege, zuletzt über unbefestigte Feldwege.

Ein langgestrecktes Gebäude tauchte auf. Waren sie angekommen?

Zwei magere nackte Lichter brannten am Haus.

In einem Bogen steuerte der Fahrer den Bus längs des Gebäudes und rollte bis an dessen Ende. Dort hielt er an. Er erhob sich von seinem Sitz und betrat den Mittelgang.

„Zwanzig Personen aussteigen." Zur Verdeutlichung streckte er zweimal alle zehn Finger der Hände in die Höhe. *„Zwanzig Personen aussteigen. Sie arbeiten hier. Die anderen bleiben sitzen. Wir fahren noch vier Kilometer weiter zu einem anderen Hof."*

Davon hatte keiner etwas gesagt. Davon hatte keiner etwas gewusst. Es gab ein totales Chaos im Bus. Alle wollten zu den Zwanzig gehören. Gepäck wurde an sich gerissen. Es wurde gestoßen und getreten.

Jenica hielt sich aus dem Trubel heraus.

Ein scharfer Pfiff ließ alle herumfahren. Vorne beim Busfahrer stand plötzlich ein älterer Mann mit Cordhut. *„Ruhe!"*, brüllte er. *„Zwanzig!"* Dann stapfte er durch den Mittelgang und zählte mit dem Finger ab: *„Du! Du! Du! Du! ...* Bis er zwanzig Leute abgezählt hatte. *„Aussteigen! In die Scheune!"*

Er wartete, bis die von ihm Bestimmten den Bus verlassen hatten. Dann hieß er den Fahrer die Türen schließen und weiterfahren.

Jenica befand sich unter den zwanzig Auserwählten. Acht Frauen und zwölf Männer.

Der größte Schock stand ihnen aber noch bevor.

In der Scheune wurden sie von einer Frau erwartet. Kurzhaarschnitt, stämmige Figur, blaue Kittelschürze, die Fäuste in die Hüften gestemmt. Kein Gruß, kein Willkommen, kein Lächeln. Ihre flinken kleinen Äuglein musterten die Ankommenden geringschätzig.

„Mitkommen!", befahl sie, drehte sich um und ging der Gruppe einige Schritte voraus. Schließlich blieb sie stehen und deutete in einen circa acht mal sechs Meter großen Raum, in dem sich zehn Etagenbetten verteilten.

„Hier werdet ihr schlafen", sagte sie. *„Schlafen"*, wiederholte sie und bettete als bildliche Geste den Kopf auf die gefalteten Hände. Dann zeigte sie mit ausgestrecktem Arm weiter in die Scheune hinein: *„Toilette."* Und auf die andere Seite: *„Dusche."* Nochmal ein Fingerzeig: *„Küche. Frühstück morgen um sechs Uhr. Arbeitsbeginn um sieben Uhr. Alles klar? Dann gute Nacht."*

Erschöpft von der Reise, zögernd und verunsichert betraten die Leute den Raum. Jenica stolperte wie betäubt in die hinterste Ecke und setzte sich auf das untere Bett.

Es muss sich um einen Irrtum handeln, dachte sie. *Es ist bestimmt nur für die erste Nacht, weil wir so spät eingetroffen sind.*

Aber in Wahrheit glaubte sie nicht daran. Und weil gegen die Wahrheit keine Gefühlskosmetik half, gewann sie letztlich die Oberhand und schwappte über die Staumauer, die Jenicas Tränen bis jetzt zurückgehalten hatte.

Donnerstag, 01. Oktober 2015

Im Grunde hatte Nadja nie mit einer Wohnung oder einem Zimmer in Talhalden geliebäugelt. So gut es Ella, Tina, Meggy und die anderen Frauen, insbesondere Lucy mit dem Angebot eines Zimmers, auch gemeint hatten – die Abende mit ihren Freundinnen in der WG in Durlangen wollte sie auf keinen Fall missen, und dafür nahm sie gerne die vier Kilometer mit dem Fahrrad in Kauf.

Ja, doch, manchmal wäre es schon praktisch, Lottas Nähstube auf kurzem Weg zu erreichen. Gerade bei Regenwetter, und die kalte Jahreszeit fing ja eben erst an. Trotzdem: Ihr gewohntes Umfeld mit den Mädels stand nicht zur Debatte.

So hatte sich Nadja bezüglich des Wetters einen gesunden Fatalismus zugelegt. Es kommt, wie's kommt. Dann hieß es halt im Falle schlechten Wetters die Zähne zusammenzubeißen und in die Pedale zu treten.

Der Blick zum Himmel am Donnerstagmittag indes verhieß nichts Gutes. Die Nähstub'-Frauen geizten auch nicht mit teils saftigen Kommentaren. Nadja ließ sich deswegen die gute Laune nicht madig machen. Inzwischen war sie an die deftigen, aber meist herzlichen Scherze gewohnt.

Ab der Mitte des Nachmittags hatte es zu regnen begonnen und es sah nicht danach aus, dass es in absehbarer Zeit aufhellen würde.

Nadja blieb gelassen. Bis achtzehn Uhr dauerte es noch, und erst dann lohnte es sich, der Realität ins Auge zu sehen.

Dass sie heute zwei Stunden länger blieb als üblich, hatte einen Grund: Für Freitag hatte sie sich freigenommen, denn sie wollte mit ihren Mitbewohnerinnen ein Konzert in München besuchen. Verlängertes Wochenende, und am Samstag war sowieso Feiertag.

Der Himmel spielte nicht mit. Auf achtzehn Uhr zu färbte er sich schwarz. Lotta riet ihr, das aufziehende Unwetter bei ihr im Laden abzuwarten. Doch Lotta schlug das Angebot in den Wind, stieg unbekümmert aufs Rad und strampelte davon.

Nach ungefähr einem Viertel der Strecke brach der Sturm über sie herein. Der Regen rauschte in Böen heran. Vorhangdichte Kaskaden raubten ihr die Sicht und ließen Straße und Wald als pure Ahnungen verschwinden. Autos des Feierabendverkehrs stoben in beängstigend geringem Abstand an ihr vorbei. Sie hatte Mühe, die Balance zu halten.

Auf halber Strecke tauchte wie eine Schutzburg schemenhaft die Überführung des Autobahnzubringers aus der Gischt auf. Die Rettung. Mit bebenden Beinen und total entkräftet hielt sie unter der Betonkonstruktion an und lehnte das Fahrrad an den Brückenpfeiler.

Nass wie eine Forelle beobachtete sie zitternd den fließenden Verkehr. Im Scheinwerferlicht der Autos reflektierten die Regenschwaden silbern wie Quecksilber. Der von den Karosserien stiebende Sprühnebel glich den Funken von Wunderkerzen. In all ihrem inneren Aufruhr fand sie die Bilder der Apokalypse faszinierend.

Aus Richtung Talhalden näherte sich ein Auto in langsamer werdender Fahrt. Außer den Scheinwerfern verschmolz es fast vollständig mit der kaminschwarzen Nacht. Als es näher kam, hüllten zerplatzende Regentropfen es in elektrostatische Entladungen, die Nadja an Elmsfeuer denken ließen. Dann hielt es unter der Brücke an. Nadja wich bis zum Pfeiler zurück. Jetzt erst sah sie, dass das Auto schwarz lackiert war. Ein *SUV*.

Bei laufendem Motor ging die Fahrertür auf und ein Mann stieg aus.

„Hey! Du bist doch das Mädchen aus Lottas Nähstube!", rief er über die Motorhaube gegen den Sturm an. „Steig´ ein! Ich bring´ dich nach Hause."

Sie war überrascht. Sie kannte den Mann nicht, aber offensichtlich er sie. Warum sonst sollte er sie duzen? Sie schüttelte den Kopf. „Mein Fahrrad!"

„Stell´ es hinter den Pfeiler. Es wird bei diesem Sauwetter sicher niemand mitnehmen. Ich bring´ es dir morgen vorbei. Steig´ schon ein." Er beschrieb mit dem Arm einen Bogen und hob das Gesicht blinzelnd in die nächste Bö. „Das kann noch stundenlang so weitergehen."

Nadja blieb zaudernd stehen. *Steig´ nie in das Auto eines fremden Mannes*, dachte sie. *Aber wenn er mich doch kennt ...*

„Na, wenn du meinst, dass du lieber hierbleiben möchtest ...", erhöhte er den Druck und setzte sich ans Steuer.

Da räumte sie hurtig das Fahrrad hinter den Pfeiler, öffnete die Beifahrertür und stieg ein.

Jenica betete jeden Morgen vor dem Aufstehen, dass die Plackerei und das Leben auf diesem Bauernhof so schnell wie möglich vorbei sein würden. Aber was hieß schon Leben? Es kam eher einem Vegetieren am äußersten Rand des Erträglichen gleich.

Die sanitären Einrichtungen waren eine Katastrophe. Ein Klo für zwanzig Personen. Jenica litt seit ein paar Tagen an Verstopfung, weil sie sich vor der Toilette ekelte und den Stuhlgang verkniff. Damit war sie jedoch nicht alleine, denn es erging fast allen Frauen so. Und wie die meisten anderen Frauen entleerte sie die Blase draußen auf den Erdbeerfeldern.

Die Dusche benutzte sie nur einmal pro Woche, und das auch nur, weil sie hinter der Scheune bei den ehemaligen Schweinegattern einen Backstein gefunden hatte, auf den sie sich stellte, um mit den Füßen nicht in die Duschwanne treten zu müssen. Wenn das Wetter es zuließ, wanderte sie nach Feierabend in Begleitung anderer Leidensgefährtinnen ein paar Kilometer übers flache Land zu einem Baggersee, wo sie in einer für die Öffentlichkeit gesperrten Zone ein kühles Bad genoss, stets in Sorge vor dem Auftauchen der Polizei.

Zum Frühstück gab es durchsichtigen Kaffee, labbrige Weizenbrötchen aus Massenproduktion, Margarine und gestreckte Marmelade. Mittags wurde eine Nudelsuppe und Brot ausgeteilt, und abends Wurstbrote und Wasser.

Die Verpflegung wurde etwas abwechslungsreicher, nachdem das erste Geld als Vorschuss ausbezahlt worden war und man nach der Arbeit zum Einkaufen gehen konnte.

Die Arbeit war extrem anstrengend. Jenica klagte über Rücken- und Nackenschmerzen, was der gebeugten Arbeitshaltung geschuldet war. Außerdem waren nicht alle Pflückwägelchen mit einem Sonnenschutz versehen, was bei den Frauen und Männern zu permanentem Sonnenbrand geführt hatte.

Mit am schlimmsten empfand Jenica die Abende und Nächte im Massenlager. Alles geschah offen und für jedermann einsehbar. Es gab keine Rückzugsmöglichkeiten, weder zum Aus- noch zum Ankleiden. Einige der Männer liefen ungeniert nackt durch den Raum, und die unverfrorensten darunter taten es absichtlich. Oft waren sie alkoholisiert, wenn sie bis spät in die Nacht vor der Scheune gehockt waren und die Flasche Schnaps die Runde gemacht hatte. Dann wurden sie auch verbal übergriffig, weckten die Frauen, so sie denn schliefen, durch ihr lautes Gelächter und obszöne Sprüche.

Acht Stunden Arbeit am Tag. Mehr schaffte Jenica nicht, und deswegen kam sie auch nie in die Nähe des Mindestlohnes, der nur bei voller Pflückleistung ausbezahlt wurde. Ein einziger unter den Zwanzig erfüllte die Höchstnorm; dafür arbeitete er allerdings dreizehn Stunden pro Tag. Die anderen wurden prozentual nach abgeliefertem Gewicht bezahlt.

Dennoch würde Jenica am Ende über zweitausend Euro mit nach Hause nehmen. Vielleicht sogar zweitausendfünfhundert. Ein kleines Vermögen für Rumänien. Nur diese Zahl hielt sie aufrecht, sowie die unendliche Sehnsucht nach Hause.

Nur noch wenige Tage, betete sie, dann würde es soweit sein.

Donnerstag – Samstag, 01. – 03. Oktober 2015
Donnerstag.

Jacques, im normalen Leben ein Ausbund an Geduld, tat Edgar Schaaf Unrecht. Nur dass er das Leben momentan nicht als normal empfand, sondern wie eine Sanduhr, bei der die größere Menge Sand bereits in die untere Hälfte gerieselt war.

Er haderte damit, dass er von dem Kriminalkommissar nichts hörte. Nichts zu den Namen, die er ihm gegeben hatte; nichts zu etwaigen Verbindungen mit Erntehelfern oder deren Arbeitgeber, und somit auch keine anderen Hintergrundinformationen. Konnte es bei den technischen Hilfsmitteln, die ihm zur Verfügung standen, so schwierig sein?

Ihn anzurufen verbat er sich. Edgar Schaaf war nicht der Mann, der sich das Arbeitstempo vorschreiben ließ. Er wollte auch den Draht, den er zu ihm aufgebaut hatte, nicht leichtfertig durchtrennen. Und mehr Vitamin B zur Polizei würde er sonst nirgendwo mehr finden.

Dennoch: Edgar Schaaf hatte den gesamten gestrigen Tag plus den heutigen Morgen Zeit gehabt.

Ab der Mittagszeit trübte sich der Himmel ein. Im Internet wurde für den Südwesten eine Sturmfront mit Orkanböen angekündigt. Wie immer bei solchen Ankündigungen ging Jacques ums Haus herum und kontrollierte, ob die Fensterläden gesichert waren. Geräusche, die er nicht zuordnen konnte, fand er nervig und unheimlich.

Längst war ihm klar, dass seine Theorie von der Erntehelferin auf gläsernen Füßen stand. Die Bandbreite, dass es sich bei der unbekannten Toten auch um eine Frau mit anderem Hintergrund handeln konnte, war groß, allein schon wenn man den zeitlichen Aspekt heranzog. Die Erntesaison für Spargel und Erdbeeren war nämlich auf die Monate April bis einschließlich Juli beschränkt. Das ließ bei dem ungenauen Todeszeitpunkt viel restliche Zeit für ein anderes Szenario zu. Dennoch fand Jacques seine Version am naheliegendsten, ohne sich jedoch als Sendungsbeauftragter in eigenem Interesse zu fühlen. Er würde ohne Wenn und Aber einer alternativen Lösung des Falles zustimmen, wenn es sie denn gäbe.

Das Blatt mit den Namen der sieben beim Bauhof beschäftigten Männer lag noch seit Dienstagabend auf dem Tisch. Warum er drei der Namen von vornherein ausschloss, konnte er nicht begründet erklären. Wahrscheinlich, weil er ihnen keine Gesichter zuordnen konnte. Ein Kardinalsfehler, wie jeder Kriminalist ihm sagen würde. Es hieße, nicht vorurteilsfrei in alle Richtungen zu ermitteln; quasi nur mit einem Auge, während das zweite verschlossen blieb. Aber weiterhin konzentrierte er sich auf die verbleibenden vier Namen. Friedhelm, Manfred, Georg und Paul.

Beim Betrachten des Blattes strich er, einer aufblitzenden Eingebung nachgebend, Pauls Name aus der Liste. Paul Kleinert.

Wenn Ortsvorsteher Pinters Daten stimmten, war Paul Kleinert erst seit dem Jahr 2013 bei der

Gemeinde angestellt. So gesehen ein Jahr nach dem Tod der unbekannten Frau.

Bleiben noch drei, dachte er.

Nach fünfzehn Uhr begann es zu regnen. Noch war es nicht der angekündigte Sturm, aber Jacques dachte an Lotta, die ohne Schirm das Haus verlassen hatte und beschloss, sie später abzuholen. Aus seiner Sicht nach achtzehn Uhr. Der Gedanke, vorher in der *Nagelschmiede* ein vorgezogenes Feiertagsbier zu trinken, erschien ihm verlockend. Um fünf Uhr brach er zur Ortsmitte hin auf.

Er hörte seinen Spitznamen nur in gezischten Lauten, *Schbrck*, und brauchte gar nicht extra hinzusehen. Man hatte sein Kommen am Stammtisch also registriert. Aber ganz wider den sonst gewohnten Ablauf verhielten sich die Stammtischbrüder heute eigenartig zurückhaltend. Kein ätzendes *Schabrack* oder *Barack*, keine beleidigenden Anspielungen auf Lotta.

Jacques konnte nicht anders. Einmal musste er sie ins Auge fassen. Er drehte sich und nickte ihnen stumm zu. Keine Reaktion ihrerseits. Sie waren zu dritt. Frieder, Manni und Schorsch. Paul fehlte.

Um achtzehn Uhr bezahlte er und verließ die Kneipe, ohne das Ziel einer einzigen Attacke geworden zu sein. *Fast schon langweilig*, dachte er und bemerkte von der Treppe aus, wie vor Lottas Nähstube eine langhaarige Frau auf ein Fahrrad stieg und wegfuhr. *War das Nadja? So spät?*, fragte er sich. Gleichzeitig nahm der Regen an Stärke zu und ein Windstoß fegte ihm die rote Baseballkappe vom Kopf.

„Hab´ ich richtig gesehen? War das Nadja soeben auf dem Fahrrad?", fragte er, sobald er den Fuß über die Schwelle der Nähstube gesetzt hatte.

Lotta war allein im Laden und erklärte es ihm: „Nadja hat sich morgen frei genommen, weil sie mit der Clique einen Ausflug unternimmt. **Kommsch** du mich abholen?"

„Mensch, wieso redet keiner mit mir" echauffierte er sich. „Ich hätte ihr doch ein Taxi bezahlt. Sie fährt direkt in ein Unwetter hinein."

„Es **isch** nicht das **erschte** Mal, dass sie bei Regen nach Hause fährt. Von einem Unwetter haben wir hier nichts mitgekriegt", verteidigte sich Lotta und knipste das Licht im Laden aus. „**Glaubsch** du, dass es so schlimm wird?"

Es war schlimm geworden. Der Regen fiel nicht mehr von oben nach unten, sondern von links nach rechts und umgekehrt. Vom Asphalt spritzte kniehoch das Wasser. Beide waren trotz Schirmen tropfnass, als sie die Tür des Hauses hinter sich schlossen.

Zum Abendessen begnügten sie sich mit den Resten von gestern: Kalte Fischstäbchen und Kartoffelsalat.

Der Sturm hatte zwar nachgelassen, doch es regnete nach wie vor. Die Radionachrichten meldeten zum Teil schwere Schäden und sprachen von etlichen Feuerwehreinsätzen wegen umgestürzter Bäume und vollgelaufener Keller.

Lotta räumte das Geschirr in die Spüle, als das Telefon klingelte.

„Das wird Edgar sein", meinte Jacques und nahm den Hörer ab. Aber es war nicht der Kommissar. „Für dich", sagte er und hielt Lotta den Hörer hin. „Eine Frauenstimme fragt nach dir."

Mit belegter Stimme und plötzlich präsentem Unbehagen meldete sie sich: „Lotta am Apparat. Wer **isch** dran?"

„Ich bin Cindy", wehte die atemlose Stimme an Lottas Ohr, „Nadjas Mitbewohnerin. Ist Nadja schon bei euch weggefahren? Sie ist noch nicht nach Hause gekommen."

Lotta sank in Zeitlupe auf einen Stuhl. „Nadja **isch** bereits seit zwei Stunden weg", antwortete sie tonlos.

Jacques empfing über die Raumluft augenblicklich die Signale, dass etwas absolut nicht in Ordnung war, und verharrte mitten in einer Bewegung. Lotta stellte das Telefon auf laut.

„Oh Gott, der Sturm ...", füllte Cindys Panik den Raum.

„Frag´ sie, ob sie schon anderswo angerufen hat", sagte Jacques laut.

Cindy hatte mitgehört. „Nein, noch nicht", erwiderte sie.

„Okay, dann teilen wir uns die Aufgabe", übernahm Jacques das Kommando. „Sie telefonieren mit der Polizei, ob es einen Unfall gegeben hat, und wir fragen im Krankenhaus nach. Anschließend sprechen wir wieder miteinander. Bis gleich."

Beide Anfragen waren negativ. Es hatte wohl Unfälle gegeben, doch ohne Personenschäden. Lotta war außer sich vor Sorge und gab sich die Mitschuld an der Situation.

„Wir fahren Nadjas Strecke ab", bestimmte Jacques schließlich entschieden. „Ziehen wir Regenkleidung an und nehmen Schirme mit. Ich rufe ein Taxi."

Bis das Taxi kam, hatte es aufgehört zu regnen. Der Taxifahrer redete von Ästen auf der Straße zwischen Durlangen und Talhalden, aber auch, dass der Verkehr störungsfrei rollte.

Jacques saß auf dem Beifahrersitz, Lotta im Fond des Wagens. Sie hatten dem Fahrer erklärt, um was es ging, und infolgedessen fuhr er entsprechend langsam. Schnellere Fahrzeuge ließ er überholen.

Links und rechts der Fahrbahn standen die Bankette noch unter Wasser, und hin und wieder ragten Zweige abgebrochener Äste ins Straßenprofil, denen das Taxi vorsichtig auswich.

Die Betonkonstruktion der Zubringerüberführung tauchte im Scheinwerferlicht auf. Es war Lotta, die vom Rücksitz aus den roten Reflex bemerkte. „Halten Sie an!", rief sie aufgeregt und deutete hinter den Brückenpfeiler. „Dort, rechts!"

Sobald das Taxi stand, sprangen Lotta und Jaques hinaus. Mit schnellen Schritten waren sie beim Pfeiler. „Das **isch** Nadjas Fahrrad!", keuchte sie. „Eindeutig ihr Fahrrad."

Jacques blickte um sich. „Sie wird doch wohl nicht in den Wald gelaufen sein?", sprach er mehr zu sich selbst als dass er auf eine Antwort wartete. „Ob sie getrampt ist?"

„Aber dann wäre sie mit Sicherheit schon daheim", erwiderte Lotta. „Sollen wir das Rad stehen lassen?"

Jacques untersuchte es auf irgendwelche Schäden, die auf einen Unfall schließen ließen, aber das Fahrrad schien intakt zu sein. „Ja, lassen wir es hier. Falls Nadja hier irgendwo Unterschlupf gesucht hat, was ich nicht glaube, wird sie es brauchen."

Lotta guckte die Straße entlang Richtung Durlangen. „Was ist das für eine Hütte da vorne?"

Jacques trat neben sie. „Das ist ein Bauwagen des Talhaldener Bauhofes", sagte er. „Unsere Freunde vom Stammtisch benutzen ihn."

Seine Worte sanken in Lottas Entscheidungszentrum, wo sie ihre Wirkung entfalteten. „Lass´ uns hinfahren", sagte sie und stieg ins Taxi.

Während das Taxi am Straßenrand wartete, umrundeten Lotta und Jacques den Wagen. Von Nadja allerdings keine Spur. Enttäuscht erklomm Lotta die Stufen zur Tür des Wagens und guckte hinein. Doch war es zu dunkel, um irgendetwas im Innern zu erkennen. Kurz entschlossen ging sie zum Taxi und fragte den Fahrer nach einer Taschenlampe. Mit einer Verkehrswarnleuchte kam sie zurück und leuchtete durch die Türscheibe. „Berufstypischer Krempel", murmelte sie und ging in die Knie, um über den unteren Rand des Fensterrahmens zu spähen. Der flachere Blickwinkel schien sich zu lohnen, denn sie spannte plötzlich die Muskeln an.

„Jacques", flüsterte sie, „**kannsch** du mal herkommen und dir das anschauen?"

„Ich hab´ das vor ein paar Tagen schon mal gesehen", antwortete er. „Als ich von Durlangen nach Talhalden marschiert bin. Erinnerst du dich?"

„Ich erinnere mich, aber davon **hasch** du nie was erwähnt. Jetzt komm´ bitte mal her und sag´ mir dann, was du **siehsch**."

Jacques stieg die Stufen hinauf und Lotta machte ihm Platz. „Du **mussch** dich bücken", sagte sie. „Und dann schau unter den rechten Spind."

Er tat wie ihm geheißen und leuchtete in den Wagen hinein.

„Na? Was liegt dort drunter?"

„Hm, sieht aus wie ein Stück gestreifter Stoff", bekundete er. „Vielleicht ein Taschentuch."

„Möglich, Jacques. Aber als Frau sage ich dir, dass es ein Damenslip **isch**."

Diesmal war es Jaques, der den Taxifahrer um eine Sache bat. „Haben Sie zufällig einen Kreuzschlitzschraubendreher im Werkzeugkasten?"

„Die Uhr läuft aber", antwortete der Fahrer und öffnete den Kofferraum.

„Sowieso. Ihr Vorteil", sagte Jacques und nahm den Schraubendreher entgegen.

Lotta wartete unter dem Fenster auf der Rückseite des Bauwagens. Obwohl die Temperatur nach dem Sturm in den Keller gesackt war, schwitzte sie wie in einer Sauna.

Jacques kam mit dem Werkzeug zurück und begann, die untere Reihe der Schrauben zu lösen.

„Sollten wir nicht lieber auf die Polizei warten?",
fragte Lotta. „Das **isch** doch ein **aschtreiner** Ein-
bruch."

Er schnaufte: „Im Prinzip hast du recht. Aber ich
will **jetzt** wissen, was das für ein Ding unter dem
Spind ist. Am Ende stellt sich womöglich heraus, dass
es geringelte Herrensocken sind, und dann stehen wir
vor der Polizei da wie die Deppen."

Die obere Schraubenreihe war für ihn zu hoch. „Du
musst schrauben, meine Liebe. Ich reiche da oben
nicht dran."

„Und wie soll das gehen, mein Lieber?" Lotta
guckte skeptisch.

„Räuberleiter!"

„Das **isch** jetzt nicht wahr, oder?"

„Doch, mach schon. Du kletterst auf meine Hände,
dann auf die Schultern. Und wenn die Scheibe weg
ist, schlüpfst du durch das Loch hinein und holst den
Stoff heraus."

„Du **hasch** gut reden. Wie soll das gehen?"

„Ganz einfach. Du hältst dich an der Dachrinne fest,
setzt dich auf den Fensterrahmen und streckst dann
die Füße nach innen."

„Und dann?"

„Dann bist du drin. Wenn es ein Damenslip ist, wie
du sagst, dann legst du den Slip wieder zurück, und
wir versetzen alles in den ursprünglichen Zustand.
Erst danach rufen wir die Polizei an."

Lotta meinte, sie hätte ähnliche Turnübungen schon
mal gemacht. Vor vierzig Jahren. Aber dann stand sie
tatsächlich im Wagen. Sie fuhr mit der Hand unter

den Spind und fischte ein Stück gestreiften Stoffs hervor. Sie breitete es vor Jacques Augen aus. Ein Damenslip.

„Der kann aber nicht von Nadja sein", sagte sie mit erleichterter Anspannung. „Er ist viel zu dreckig und liegt bestimmt schon länger unter dem Spind. In der Ecke steht übrigens ein **Kanischter** mit Fahrbahnmarkierungsfarbe. So, und wie komm´ ich jetzt wieder hier raus?"

Ende Juli, Freitagnachmittag.

Es war endlich soweit. Morgen würde es zurück nach Rumänien gehen. Mit dem Bus, aber Hauptsache dass.

Unter den Erntehelfern war die Erleichterung zu spüren. Auf einmal war wieder ein Lachen zu hören, das nicht durch einen derben Witz ausgelöst wurde, sondern auf der Freude beruhte, nach Hause zu fahren. Die Quälerei auf den Erdbeerfeldern schien vergessen. Es zählten nur noch das verdiente Geld und die Aussichten auf das, was man damit in Rumänien anfangen konnte.

Jenica hatte zweitausenddreihundert Euro erhalten und es ohne Widerspruch angenommen, wie übrigens alle anderen auch. Aber sie wollte nicht mit leeren Händen nach Hause kommen. In Durlangen, hatte sie erfahren, gab es ein Geschäft, in dem man günstig einkaufen konnte. Sie dachte an ein paar Kleider für sich und für ihre Mutter.

Ein letztes Mal hatte sie den Backstein in der Dusche benutzt und war nach dem Bad zu Fuß nach Durlangen aufgebrochen. Allein. Sechs Kilometer ein Weg. Anderen Frauen, die sie nach Begleitung gefragt hatte, war dies zu weit und der Mühe nicht wert gewesen.

Nun befand sie sich auf dem Rückweg, eine Plastiktüte voller Kleidungsstücke in der Hand. Ihre alten Kleider hatte sie der Einfachheit halber dort im

Geschäft gelassen und frische Wäsche und ein neues luftiges Sommerkleid gleich anbehalten.

Sie ging auf der linken Straßenseite, wie sie es gelernt hatte: Dem Gegenverkehr entgegen. Die Sonne war längst hinter den Baumwipfeln verschwunden, im Westen, wo Frankreich liegen musste.

Bis auf die Wanderungen an den Baggersee hatte sie nie Zeit für Ausflüge gehabt. Frankreich, so nah und doch so fern. Sie war durch halb Europa gefahren, nur um wochen- und monatelang Erdbeeren zu sehen. Eines hatte sie sich indes geschworen: Dass sie nie wieder auf so eine Masche hereinfallen würde.

Wenn sie an dem orangefarbenen Bauwagen vorbei sein würde, rechnete sie, hätte sie ungefähr ein Viertel des Weges geschafft. Unter der Zubringerbrücke etwa ein Drittel.

Jenica war in Gedanken vertieft, als sie ein Auto bemerkte, das auf der anderen Straßenseite im Schritttempo neben ihr herfuhr. Das Seitenfenster runtergelassen, schaute der Fahrer zu ihr herüber. Er rief ihren Namen.

Woher kennt er mich?, dachte sie, und gleichzeitig meinte sie, das Gesicht schon einmal gesehen zu haben.

Wieder rief er ihren Namen: *„Jenica! Erkennst du mich denn nicht mehr? Ich bin der Busfahrer. Morgen* *fahren wir zusammen nach Rumänien. Komm´ rüber und steig´ ein. Ich fahre dich zum Hof.´´*

Von seinen Worten hatte sie nur *Rumänien* verstanden, aber das und sein Schnurbart reichten, um ihn mit dem Bus in Verbindung zu bringen. Sie blieb stehen und ließ den rollenden Verkehr vorbei. Dann lief sie über die Straße. *„Fahren Hof?´´*, fragte sie. Jetzt sah sie auch seine dünne Narbe am Kinn.

„Steig´ ein´´, antwortete er lächelnd. *„Fahren Hof.´´*

Lotta und Jacques warteten auf der Rückbank des Taxis auf die Polizeistreife. Das Taxameter lief.

Das wird eine ordentliche Rechnung geben, dachte Jacques, doch es hatte erneut Regen eingesetzt, und so saßen sie wenigstens im Trockenen. Die Uhr tickte auf halb zehn zu.

Der Streifenwagen hielt unmittelbar hinter dem Taxi. Die Beamten waren dieselben, die Lottas Anzeige wegen der Schaufensterschmiererei aufgenommen hatten.

„Na, was haben wir diesmal?", fragte der ältere der beiden mit eingezogenem Genick. „Scheißwetter, was?"

Jacques erklärte es ihm.

„Oha, das ist ja ein Ding!", platzte es aus dem Beamten heraus. „Da brauchen wir das große Besteck. Mehr Leute, einen Durchsuchungsbeschluss, die Spurensicherung und eine Fahndung nach einer vermissten Person. Verdammt, und das bei diesem Wetter."

Er hieß seinen jüngeren Kollegen, die Personenbeschreibung aufzunehmen und die sofortige Fahndung auszugeben. Er selber setzte sich ans Funkgerät und leierte die weiteren Maßnahmen an.

Eine Dreiviertelstunde später wimmelte es an dem Ort vor Einsatzfahrzeugen der Polizei. Der Bauwagen war aufgebrochen worden; der Damenslip sichergestellt und per Kurier ins Labor gebracht; die Spinde, soweit nötig, mit Bolzenschneidern geöffnet; vorhandene Spuren wie Fingerabdrücke und Haare aufgenommen.

Noch in der Nacht wurden Beamte zu den Adressen der registrierten sieben Bauhofmitarbeiter geschickt, um sie zur Befragung im Polizeirevier Durlangen abzuholen. Während drei der Männer glaubhaft versicherten, dass sie zu dem Bauwagen zwischen Talhalden und Durlangen keinen Bezug hatten, mussten sich drei andere, nämlich Friedhelm Meng, Manfred Dahlbusch und Georg Weisenberg, den Fragen der Polizei stellen. An Paul Kleinerts Adresse war niemand angetroffen worden.

Zu diesem Zeitpunkt befanden sich Lotta und Jacques jedoch wieder auf dem Weg nach Hause. Beim Betreten ihrer Wohnung wurde Jacques´ Aufmerksamkeit sofort vom Anrufbeantworter in Anspruch genommen. Die Leuchte für eingegangene Anrufe blinkte. Auf dem Weg dorthin zog er eine Regenwasserspur hinter sich her, als sei er nicht ganz dicht. Er drückte die Taste.

„Hallo Jacques. Edgar Schaaf hier. Ruf´ mich an, sobald du die Nachricht gehört hast."

Während Lotta den nassen Boden mit einem Lappen aufwischte, schenkte Jacques zwei Schlummertrunks ein und wählte Edgars Nummer.

„Was gibt´s Edgar? Entschuldige bitte, dass es so spät …"

„Hör´ zu!", unterbrach ihn der Kommissar. „Ich bin voll im Bilde über das, was gerade bei euch in Talhalden passiert. Im Übrigen bin ich auf dem Weg zu euch. Kommissar Schlendrich wird ebenfalls in Kürze bei euch eintreffen. Bleibt also wach."

Wach bleiben? Ich denke wir haben die Täter, dachte Jacques. *Bis auf Paul. Aber der war 2012 noch gar nicht dabei.*

Müde fielen Lotta und Jacques aufs Sofa und lehnten die Köpfe gegeneinander. Er schielte mit einem Auge zur Whiskeyflasche, verbat sich jedoch ein weiteres Glas. Er wollte einen klaren Schädel haben, wenn die Kommissare mit Neuigkeiten aufwarten sollten. Und damit rechnete er: Mit Neuigkeiten.

Edgar Schaaf trudelte um halb zwölf Uhr ein. Auf Jacques' fragende Augenbrauen hin sagte er: „Warten wir, bis Schlendrich da ist. Es macht keinen Sinn, alles zweimal zu erzählen."

Bis der Baden-Badener Kommissar eintraf, wanderte der Uhrzeiger über Mitternacht hinaus. Lotta sorgte für Kaffee und Kekse.

„Tut mir leid", eröffnete Schlendrich das Treffen. „Der DNA-Vergleich im Labor ging nicht schneller. Immerhin ist es Nacht, nicht wahr? Wenn auch ein gerichtstauglicher Vergleich noch aussteht – wir können mit sechsundneunzigprozentiger Sicherheit sagen, dass die DNA im heute gefundenen Damenslip mit der DNA der im Jahr 2012 ermordeten Frau aus dem Stollen übereinstimmt."

Diese Nachricht zeigte Wirkung. Keiner wagte sie durch einen Kommentar zu stören.

„Aber", sprach Schlendrich weiter, „Fremd-DNA wurde nicht nachgewiesen."

„Womit wir zu den Personen kommen, die wegen des eigentümlichen Fundortes des Damenslips im Fokus unseres Interesses stehen", übernahm Edgar

Schaaf die Moderation. „Drei Männer werden aktuell auf dem Revier in Durlangen befragt." Er legte eine Kunstpause ein, bevor er weitersprach. „Ehrlich gesagt glaube ich nicht an die drei als Täter. Sie mögen Maulhelden sein. Dummschwätzer. Niederträchtig sein. Aber das sind sie, weil sie nicht anders können. Sie haben nicht mal bemerkt, dass ein anderer unter ihnen die richtige Anzahl der Toten im Stollen gekannt hat und die Zahl ohne nachzudenken übernommen. Sie haben einfach nicht nachgefragt.

Ich habe mir Paul Kleinerts Biographie näher angeschaut. Ich nenne sie nur in groben Zügen. Geboren 1980. Vater unbekannt. Die Mutter Christa Kleinert.

Realschule abgebrochen. Danach hat er einige Jahre als Hilfsarbeiter bei verschiedenen Baufirmen gearbeitet. Hat dann den LKW-Führerschein, später auch den Bus-Führerschein gemacht. Ab 2008 bis 2012 war er bei der Firma *Cosmo-Reisen* als Busfahrer tätig. Es gab mehrere Beschwerden wegen sexueller Belästigung gegen ihn, und er hatte zudem Probleme mit Alkohol. 2012 wurde er entlassen. Ab 2013 ist er in die Dienste bei der Gemeinde Talhalden getreten und ist bis heute dort beschäftigt.

Paul wohnt heute mit seiner Mutter und Stiefvater Erwin Kratzer auf dem sogenannten *Erdbeerhof Kratzer*. Was guckst du so, Jacques? Du hast mir die Adresse selber gegeben. *In den Niedermatten 2*. Das ist der *Erdbeerhof*."

Jacques machte tatsächlich ein Gesicht, als seien ihm die Pferde durchgegangen. „Hast du Busfahrer gesagt?"

„Busfahrer. Steht hier", bestätigte Edgar Schaaf mit Blick auf seine Unterlagen.

„Auf dem Kratzerhof steht ein Bus, mit dem die Erntehelfer aus Rumänien geholt und wieder hingebracht werden. Wenn Paul Kleinert Kratzers Sohn ist, oder der Stiefsohn, dann ist er vermutlich auch der Busfahrer für diese Aktionen. Was wiederum bedeutet, dass er mit den Erntehelfern zwangsläufig Kontakt hat. Versteht ihr, was ich meine?"

Die beiden Kommissare verstanden, und in ihren Köpfen begannen Filme zu laufen. „Bevor ich´s vergesse", warf Edgar Schaaf ein. „Paul Kleinert war der Auftraggeber und Rechnungsempfänger für die Schaufensterreinigung."

„Komisch. Was soll man davon halten? Dass er auch der Verursacher der Schmiererei gewesen ist?", fragte Lotta.

Edgar Schaaf zuckte mit den Schultern. „Entweder das, und er fürchtete sich vor der Anzeige und wollte sich aus der Schusslinie der Polizei nehmen; oder er hat es jemandem **im** Geschäft zu Gefallen getan. Vielleicht dir, Lotta, oder einer der anderen Damen."

„Nadja!" Jacques sprang vom Stuhl. „Nadja ist es!" Ihm wurde ganz heiß im Gesicht. „Neulich habe ich zufällig beobachtet, wie er Nadja angeglotzt hat, als sei er der Leibhaftigen begegnet. Sie war gerade mit dem Fahrrad vor der Nähstube angekommen. Ich hab´ dem jedoch keine Bedeutung zugemessen."

„Weißt du noch, wann das genau war?", wollte Kommissar Schlendrich wissen.

Jacques überlegte. „Es muss der einundzwanzigste September gewesen sein. Ich kam von einem Gespräch mit dem Ortsvorsteher."

„Und heute **isch** Nadja verschwunden", sagte Lotta.

Die zwei Kriminalbeamten am Tisch verständigten sich stumm über Blickkontakt, und Edgar Schaaf nickte gewichtig. Dann zückte Schlendrich das Handy und wählte die Nummer des Polizeireviers Durlangen.

„Kommissar Schlendrich am Apparat. Kollege, war die Fahndung nach Nadja Keller schon erfolgreich? Und hat man in der Zwischenzeit Paul Kleinert ausfindig machen können? Nein? Gut, dann gilt ab sofort folgende Anordnung: Wegen Gefahr im Verzuge ..."

*

Nadja konnte sich nicht rühren, und sie konnte kaum atmen. Beine und Arme ließen sich nicht bewegen, und bei jedem quälenden Versuch, Luft in die Lungen zu ziehen, röchelte Rotz in der Nase.

Der Boden war kalt, hart und glatt; um sie herum war es dunkel wie in einer Kohlenkiste; und sie hatte keine Ahnung, wo sie sich befand. Es musste ein geschlossener Raum sein, denn es war trocken, doch wie groß oder klein dieser Raum war, ließ sich nicht erkennen.

Der Körper war ein einziger Schwelbrand. Nadja glaubte, innerlich zu verbrennen, obwohl sie äußerlich fror, denn die Kleider waren nass. Alle Muskeln zum Zerreißen angespannt, ein schmerzhafter Krampf, ohne eine Sekunde der Entspannung; das Herz pumpte wie verrückt. Gleich würde es zerspringen.

Die Beine an den Knöcheln gefesselt, die Arme auf den Rücken gezwungen und gebunden, der Mund mit Klebeband verschlossen.

„Wo fahren Sie hin?", hatte sie verwundert den Mann gefragt, nachdem er das Auto unter der Brücke gewendet hatte. „Durlangen liegt in der anderen Richtung."

Da hatte er die Türverriegelung betätigt, und zum ersten Mal hatte sie eine Angst verspürt.

„Wir werden es uns schön machen, Jenica", hatte der Mann mit dem dünnen Schnauzbart lächelnd geantwortet, ohne sie anzusehen. „Wunderschön."

Irgendetwas stimmt mit seinem Lächeln nicht, hatte sie gedacht. „Ich glaube, ich will lieber aussteigen, bitte. Lassen Sie mich bitte aussteigen."

„Ja, wir werden bald aussteigen, Jenica. Nur noch ein paar Minuten. Es wird dir gefallen." Er gluckste.

„Ich heiße Nadja! Nicht Jenica", hatte sie gesagt und an der Tür gerüttelt.

Einige Sekunden lang schien er verwirrt gewesen zu sein. Doch bald hatte seine Überzeugung wieder die Oberhand gewonnen. „Nein", hatte er dann behauptet. „Du bist Jenica. Ich kenne doch meine Jenica."

Sie waren in Talhalden angekommen. *Vielleicht bringt er mich ja zur Nähstube zurück oder zu Lotta nach Hause*, hatte sie in der Not gedacht. Aber er war von der Hauptstraße abgebogen und am Ortsrand auf den Waldweg gefahren, der zum Bierkellerstollen führte.

Doch plötzlich hatte er stark gebremst und geflucht: „Scheiße, da liegen ja Bäume über dem Weg. Verdammt, was machen wir jetzt, Jenica? Der Weg zu unserem Liebesnest ist versperrt."

Da hatte sie aus Leibeskräften zu schreien begonnen und auf ihn einzuschlagen.

Aber er hatte ein kleines Gerät aus der Jackentasche gezogen und ihr an die Rippen gehalten. Das widerlich knatternde Geräusch hatte sie noch gehört. Dann aber waren der Schmerz und die Nacht gekommen.

Irgendwann war der Lebensfunke in sie zurückgekehrt. Sprosse für Sprosse war sie unendlich langsam zur Klarheit emporgeklettert, bis sie angekommen war, wo sie jetzt war. Wach, bei Bewusstsein, aber gefangen.

Wo ist er?

Sie probierte, in eine Bauchlage zu kommen, damit der Rotz nach vorne aus der Nase fließen konnte. Aber ohne Arme und Hände war es schwierig.

Auf einmal ein schwacher Lichtschimmer, flackernd durch ein Rechteck über ihrem Kopf, wie ein defekter Bildschirm. Sie gab den Versuch mit der Bauchlage auf, fixierte dagegen dieses transparente Rechteck über ihr. Es verschwand, kam dann plötzlich wieder, diesmal aber stark und blau pulsierend. Mit dem Licht trat auch der Raum aus der Dunkelheit.

Ein kleiner Raum, mit einer Tür, mit einem Trog und mit einer Drahtzugklappe.

Sie erschrak mächtig, als die Tür schlagartig neben ihren Füßen an die Wand krachte.

Er stürzte mit wutverzerrtem Gesicht herein, packte sie wild, riss sie brutal in die Höhe, warf sich mit ihr an die Wand gegenüber der Tür, und presste ihr ein Messer an die Kehle. „Sollen sie kommen, Jenica", fauchte er ihr heiß und irre ins Ohr. „Sollen sie ruhig kommen. Wenn wir gehen, dann gehen wir zusammen. Du und ich."

*

Zwei Streifenwagen rasten mit Blaulicht voraus, Kommissar Schlendrich mit seinem Dienstwagen als dritter, und Edgar Schaaf mit Lotta und Jacques am Schluss.

Weit war es nicht. Von der alten B 3 über den westlichen Teil Talhaldens Richtung der neuen Umfahrung, quer drüber hinweg, und dann unter der Eisenbahnlinie hindurch. Lotta bibberte auf der Rückbank vor Aufregung und wohl auch vor Angst. Jacques hatte die Hände zu Fäusten geballt.

Das langgestreckte Anwesen der Kratzers zuckte im Widerschein der Blaulichter wie ein lebender Organismus. Die Fenster im Wohntrakt aber blieben dunkel.

Die Kolonne raste auf den Vorhof und bremste mit blockierten Rädern. Uniformierte Polizisten sprangen mit gezogenen Waffen aus den Streifenwagen. Zwei von ihnen sicherten die Haustür. Vier andere verteilten sich am Gebäude entlang. „Achtet auf die Rückseite!", brüllte Schlendrich und hastete auf die Eingangstür zu. Er drückte auf die Klingel und rief Pauls Name. Im Haus rührte sich nichts. Er drückte erneut und rief Erwin Kratzers Name. Keine Reaktion.

An der Gebäudeecke bei der Scheune tauchte einer der Uniformierten auf und winkte mit einer Taschenlampe.

„Zur Scheune", schrie Jacques, stieß Edgar Schaaf an und lief los. Edgar und Schlendrich blieben ihm auf den Fersen.

Um ein Haar prallten sie um die Scheunenecke herum auf den schwarzen Mercedes Geländewagen. Einer der Beamten leuchtete bereits hinein und erklärte das Fahrzeug als *sauber*.

Wie bei Jacques´ erstem Besuch stand das Scheunentor weit offen. Eine trübes Notlicht beschien eine bizarre Szene. Etwa drei Meter innerhalb der Scheune lag ein Mann leblos und blutüberströmt am Boden. Eine Frau kauerte gebeugt bei ihm, den Kopf des Mannes in ihren Schoß gebettet. Neben dem Rumpf des Mannes lag das blutgefärbte Fünf-Kilo-Gewicht einer Waage, tiefer im Raum ein Cordhut.

Edgar Schaaf trat eilig zu ihr und berührte sie sacht an der Schulter, doch die Frau blieb apathisch in ihrer Position.

Edgar sprach sie an: „Frau Kleinert? Frau Kleinert! Wo ist Ihr Sohn?"

Sie drehte das Gesicht zu ihm, aber ihr Blick war leer.

Inzwischen war auch Lotta in der Scheune angekommen.

„Lotta, gut, dass du da bist", sagte Edgar Schaaf. „Kannst du bitte mal bei der Frau bleiben? Ich rufe den Notarzt an." Während er das tat, folgte er seinem Kollegen Schlendrich.

„Ich bleibe bei Lotta", versicherte Jacques.

Schlendrich war weiter in die Scheune vorgedrungen. In einer dachhohen Querwand befand sich mittig eine Tür, die in einen Flur führte. Von dort gingen nach links wie nach rechts mehrere Türen ab. Er wartete, bis Edgar zur Unterstützung kam.

Dann stieß er die erste Tür links auf und richtete die Waffe hinein. „Nichts. Ein Massenlager", stellte er fest.

Die nächste Tür rechts. Nichts. Eine Dusche. „Ekelhaft."

Wieder links. Ein Küchenraum. Dann rechts eine Toilette. „Meine Güte."

Letzte links, ein Trockenraum für Wäsche.

Vorletzte rechts. Abgeschlossen. Ein Schritt zurück, ein wuchtiger Tritt nach vorne. **Pardauz!** Ein ehemaliger Schweinekoben mit einer Art Schreibtisch, einem Laptop und allerhand Gerümpel.

Die letzte Tür rechts. Ein Schritt zurück, ein Tritt. Die Tür fliegt auf. Ein Mann, eine Frau, Messer am Hals. **„Hände hoch, Kleinert!"**

„Waffe weg, oder Jenica stirbt!"

Edgar Schaaf steht hinter Schlendrich. „Das ist nicht Jenica, Paul, und das wissen Sie", sagt er ruhig über Schlendrichs Schulter hinweg.

Paul gerät zunehmend außer sich und drückt das Messer in Nadjas Haut. Blut sickert heraus.

„Das Messer weg, oder ich schieße!", droht Schlendrich, hebt die Pistole und zielt.

Noch mehr Druck auf das Messer. Blut fließt stärker. Nadja windet sich vor Schmerzen.

„Du willst es nicht anders", faucht Schlendrich und schießt konsequent. Paul Kleinert schreit auf, lässt das Messer fallen, hält sich das Knie und jammert.

Plötzlich ein anderer Schrei. Lotta kommt angeflogen, stürmt an Schlendrich und Edgar vorbei in den Schweinekoben hinein und fällt Nadja schluchzend um den Hals. „Nadja, meine arme liebe Nadja, du **lebsch**, du **lebsch** …"

*

Freitag.

Lotta hatte es sich nicht nehmen lassen, Nadja im Ambulanzwagen ins Krankenhaus zu begleiten, und war erst nach deren medizinischer Erstversorgung mit dem Taxi in der Morgendämmerung nach Talhalden zurückgekehrt.

Lotta und Jacques schliefen bis in den späten Vormittag hinein. Wie selbstverständlich lagen sie nebeneinander, als wäre es schon immer so gewesen. Die Nähstube blieb heute geschlossen.

Um die Mittagszeit meldete sich der Hunger.

Ab der Minute des Aufstehens erfüllte ein neues Maß des Zusammenseins den Raum. Eine andere

Qualität von Leichtigkeit, die sie praktisch aus dem Handgelenk beherrschten. Mit einem Lächeln auf den Lippen und einer Melodie im Kopf. Im Blindflug, ohne Radar und Kompass. Hoch, sehr hoch. Beide gaben sich dem atemberaubenden Schwindelgefühl hin, wie man es gemeinhin bekam, wenn man zum ersten Mal vom Boden abhob.

„Ich mach´ Frühstück", strahlte Jacques. „Für dich auch ein Müsli?"

„Mensch, mach´ mir was, das mich auf dieser Erde **feschthält, sonsch** fliege ich ins Weltall hinaus", schnurrte Lotta und schlang von hinten die Arme um ihn. „Was mit Speck und Eiern." Sie roch nach Bett und nach Frau, und mit ihren zerwühlten Haaren und dem Restschlaf in den Augenwinkeln sah sie sehr verführerisch aus.

Jacques Herz brummte wie ein Bienenkorb. „Lotta?"

„Ja, mein Lieber?"

Ihre Stimme verursachte neben einer Gänsehaut einen veritablen *Blackout* in seinem Kopf, und er begann zu zweifeln. *Was ist, wenn sie nein sagt?*, dachte er – und rettete sich über einen Ausweg: „*Scrambled eggs* oder *sunny side up?*"

Ach Jacques, du dummer großer Junge, dachte sie – und ließ ihn nicht mehr von der Angel. „Was **hasch** du mir wirklich sagen wollen?"

Er wand sich aus der Umklammerung und schaute sie verliebt an. „Ich wollte dich fragen, ob du …?"

„Ja, ich will", verkürzte sie die Sache auf ihre sachliche Art und umarmte ihn diesmal von vorne. „Ich will", flüsterte sie noch einmal. „Du **darfsch** die Braut jetzt küssen."

Der Nachmittag verging wie im Fluge. Sie schmiedeten und verwarfen Pläne, nur um sie später erneut aufzugreifen und zu überdenken. Sie einigten sich darauf, dass es mit ihren Freundinnen und Freunden eine Feier geben würde. Also mit Ella, Irene, Tina und wie sie alle hießen, und natürlich mit Nadja und mit Edgar Schaaf. Danach würden sie nach Hamburg reisen, wo Lotta ihm **ihre** Stadt zeigen sollte, und als Höhepunkt ein Flug nach Kanada, in Jacques´ alte Heimat.

„Und wenn wir dann wieder zu Hause sind, suchen wir uns ein richtiges Haus", sagte er abschließend.

„**Bisch** du meschugge?" Sie tippte ihm an die Stirn. „Wenn du mir das **antusch**, sind wir sofort wieder geschiedene Leute. Wir bleiben hier. Hier in unserer Baracke."

Die Abenddämmerung setzte schon ein, als Edgar Schaaf per Telefon seinen Besuch ankündigte. Keine zwanzig Minuten später betrat er die Wohnung. Er sah müde und übernächtigt aus, bleich im Gesicht, und in Verbindung mit der Farbwahl seiner Kleidung verkörperte er das Abbild einer grauen Eminenz.

„Kommissar Schlendrich ist bereits zu seiner Dienststelle nach Baden-Baden unterwegs und hat mich gebeten, euch über die Entwicklungen in den Fällen um Paul Kleinert zu informieren. Was ich im

Übrigen gerne tue. Immerhin wart ihr an der Lösung maßgeblich mitbeteiligt."

„Du **hasch** einen langen Tag hinter dir. Können wir dir etwas anbieten? **Hasch** du Hunger?" Lotta dachte an das Naheliegendste.

Edgar überlegte nicht lang. „Wenn du mich so fragst – neulich war mal von einer Pizza die Rede. Dazu würde ich heute nicht nein sagen. Und Jacques: Falls du noch von dem hervorragenden Whiskey hast – gegen eine Daumenbreite hätte ich nichts einzuwenden. Dürfen auch zwei sein."

„Äääh – Alkohol und Fahren?", gab Jacques zu bedenken.

„Willst ihn mir nicht gönnen, was? Nein, Quatsch. Dann nehm´ ich eben ein Taxi", sagte der Kommissar. „Her mit dem Stoff."

Edgar Schaaf schlürfte genüsslich von Jacques´ gutem Whiskey und hatte keine Eile, mit seinem Bericht zu beginnen. Lotta und Jacques indes hockten gespannt auf der Kante des Sofas und warteten wie Kinder auf die Ankunft des Christkinds. Ihn zu drängen getrauten sie sich jedoch nicht.

Lotta sah sich genötigt, etwas aus der Privatschatulle zu plaudern: „Wir – also Jacques und ich – werden heiraten."

„Schön! Das freut mich. Ehrlich. Ihr zwei passt gut zueinander." Edgars Miene entspannte sich zusehends.

„Danke. Wir haben gedacht, ob du nicht einer unserer Trauzeugen werden **willsch**?" Das war untereinander zwar nicht abgesprochen und darum ein Schuss ins Blaue, was bei Jacques nebenbei murmelrunde Augen produzierte.

„Tja, das … das … kommt … äääh … überraschend, aber ja, gewiss doch. Ich fühle mich geehrt. Klar, das mach´ ich. Wann soll es denn soweit sein?"

Jacques wurde es nun zu bunt. „Sobald dieser Fall abgeschlossen ist", drückte er aufs Gaspedal. „Ich meine, das ist er doch bald, oder?"

Der Kommissar verstand den Wink mit dem Zaunpfahl. „Ja, entschuldigt bitte. Ich brauchte jetzt erstmal einen mentalen Abstand zu dieser unglücklichen Geschichte.

Die gute Nachricht voraus: Paul Kleinert hat den Mord an Jenica Matei gestanden."

„Jenica … wer?", fragte Jacques ratlos.

„Die Erntehelferin", ergänzte Edgar Schaaf. „Die Frau, deren Slip ihr im Bauwagen gefunden habt. Jenica Matei aus Rumänien. Der Kerl hat ihren Ausweis aufgehoben. Jenicas Mutter wurde bereits verständigt."

„Und er hat sie …?" Lotta hielt vor Abscheu die Hand vor den Mund.

Edgar Schaaf nickte. „Vergewaltigt, umgebracht und im Stollen versteckt. Er hat sie als Busfahrer selbst aus Rumänien nach Deutschland geholt. Und als Busfahrer war und ist er in Besitz eines Vierkantschlüssels."

„Aber wieso brachte er sie um?"

„Wie es manchmal so ist", erklärte Edgar. „Er sagte, sie hätte seine Liebe nicht erwidert. Hätte sich gegen seine Zuneigungsversuche gewehrt. Und dann sei es einfach geschehen."

„Und Nadja? Warum Nadja?" Lotta fixierte Edgar mit ihren Blicken und beugte den Oberkörper weit über den Tisch.

„Ja, warum Nadja?", wiederholte Edgar. „Jetzt wird´s psychologisch. Paul Kleinert glaubte, in Nadja *seine* Jenica wiederzuerkennen. In der Tat ist es so, dass Nadja und Jenica sich sehr ähnlich sehen, zumindest was das Foto in Jenicas Ausweis hergibt. Vorerst können wir nur erahnen, was diese Ähnlichkeit bei Paul ausgelöst hat. Wenn Jenica zum Beispiel für ihn das Idealbild der perfekten Traumfrau gewesen ist, dann muss ihn die Begegnung mit Nadja regelrecht aus der Bahn geworfen haben. Wir müssen davon ausgehen, dass er Nadja nicht erst gestern zum ersten Mal gesehen hat. Er musste sie sich aus seiner Sicht einfach zu eigen machen. Aber das müssen Gutachter entscheiden.

Nadja hat immenses Glück gehabt. Wäre der Waldweg zum Stollen nicht durch den Sturm unpassierbar geworden, wäre sie jetzt vermutlich ebenfalls tot."

Für die Dauer einer Schrecksekunde herrschte Schweigen am Tisch.

„Wieso aber versteckte er Jenicas Slip im Bauwagen? Was wollte er damit bezwecken?", fragte Jacques.

„Wie wir wissen, hat er im Jahr 2013 beim Gemeindebauhof zu arbeiten begonnen. Seine Kollegen sind von Anfang an nicht gerade freundlich mit ihm umgesprungen. Sie haben ihn ausgelacht, gehänselt und ihn nicht für voll genommen. Einen ausgegorenen Plan hatte Paul nicht gehabt. Er wollte seine Kollegen im Falle eines Falles durch einen anonymen Anruf in Schwierigkeiten bringen. Sich für die schlechte Behandlung rächen. Mehr steckte wahrscheinlich nicht dahinter."

Es klingelte an der Haustür. Die Pizzas wurden geliefert. Jacques öffnete eine Flasche Weißwein, und während sie dem Essen zusprachen, widmeten sie sich profaneren Themen als Mord. Nachdem Jacques die Teller wieder abgeräumt hatte, kehrte er zum eigentlichen Grund von Edgar Schaafs Anwesenheit zurück.

„Was ist auf dem Hof *Erdbeerland Kratzer* geschehen?"

Der Kommissar drehte gedankenverloren das Weinglas in der Hand und schien die Luftperlen zu bewundern. „Pardon, was hast du gesagt?"

„Was auf dem Hof der Kratzers passiert ist. Hat sich Paul dazu geäußert?"

Edgar Schaaf stellte das Glas auf den Tisch. „Ja. Kann ich bei euch rauchen?"

„Draußen steht ein Aschenbecher. Warte, wir kommen mit", sagte Lotta und ging mit ihrer Zigarettenschachtel voraus. Der Kippenrauch stieg in den Himmel, als Edgar auf die Frage zu sprechen kam: „Als Paul mit der bewusstlosen Nadja vor der Scheune vorfuhr, ist ihm der Stiefvater in die Quere gekommen. Ein Tropfen zu viel im Fass? Ein Wort zu laut gesagt? Eine Beleidigung zu schwer? Die Missachtung zu oft? Paul sprach nur von Hass zwischen dem

Stiefvater und sich. Da hat sich jahrelange Erniedrigung aufgestaut und in einem einzigen Ausbruch entladen. Paul hat ihn im Affekt mit zwei brutalen Schlägen auf den Kopf getötet. Erwin Kratzer war wohl kein angenehmer Mensch."

Jacques nickte bestätigend. „Schien mir auch so, als ich ihm begegnet bin. Was ist mit Pauls Mutter?"

„Sie steht unter Schock. Sie liegt im Krankenhaus und ist im Moment noch nicht vernehmungsfähig, was man unter diesen Umständen verstehen kann."

Lotta rang die Hände. „Nadja. Wie geht es ihr?"

Edgar Schaaf inhalierte den Rauch. „Sie hat es erstaunlich gut überstanden. Die Wunde am Hals war gottlob nicht so tief. Mehr Probleme hat ihr der Elektroschock bereitet. Sie hing ein paar Stunden am Tropf und am EKG. Mittlerweile ist sie jedoch wieder zu Hause. Morgen könnt ihr sie bestimmt besuchen." Er gähnte. „Was noch interessant ist: In dem einen Schweinestall, in dem der Laptop stand, hat man diverse Gegenstände sichergestellt. Unter anderem zwei Alu-Isoliermatten und eine Wolldecke der Feuerwehr Talhalden, sowie einen Rucksack mit Kleidungsstücken und einem DDR-Ausweis, lautend auf Manuela Stredlow, zuletzt wohnhaft in Cottbus.

„Ronnys Marion?", fragte Jacques.

„Ja, wahrscheinlich. Paul hatte die Sachen an sich genommen, als er Jenica im Stollen versteckte. Warum, das bleibt sein Geheimnis. Möglicherweise als eine Art Souvenir oder als Trophäe.

Kommissar Schlendrichs Truppe hat schnell gearbeitet. Manuela Stredlows Mutter lebt noch, und sie hat das Foto des Ausweises als das ihrer Tochter identifiziert. Beide Mütter, also Jenicas und Manuelas, haben die Überführung der sterblichen Überreste ihrer Töchter in die jeweilige Heimat beantragt. Die Vorbereitungen dazu laufen."

Mit den letzten Worten verlor Edgar Schaaf an Körperspannung. „Tut mir leid, Freunde, ich bin jetzt einfach hundemüde und kann mich kaum noch aufrechthalten. Wenn ihr mir ein Taxi rufen würdet?"

„Du **kannsch** auch bei uns schlafen", schlug Lotta spontan vor. „Auf dem Sofa halt. Wenn's dir nichts ausmacht, meine ich. Dann **kannsch** morgen mit deinem **Dienschtwagen** heimfahren."

Der Kommissar brauchte keine drei Sekunden für die Antwort: „Wenn das so ist, darfst du mir noch einen Whiskey einschenken."

Samstag.
Nadja ging es wirklich gut. Vielleicht etwas blass um die Nase, aber ihre Fröhlichkeit war ungebrochen.

Edgar Schaaf hatte Lotta und Jaques in seinem Dienstwagen mitgenommen und in Durlach aussteigen lassen. „Eines hab' ich gestern vergessen zu erwähnen", hatte er vor Nadjas Adresse gesagt. „Ihr seid ja auch als Schabrack und Schaluppe bekannt, nicht wahr? Nun, die Herren Friedhelm Meng, Manfred Dahlbusch und Georg Weisenberg lassen ausrichten, dass sie sich zu gegebener Zeit bei euch entschuldigen wollen. Schönen Feiertag noch."

Da sie Nadjas Genesung und Gastfreundschaft nicht allzu lange strapazieren wollten, verabschiedeten sie sich bald aus der Drei-Mädels-WG.

Auf dem Heimweg im Bus klingelte Lottas Handy. Sie erkannte eine regionale Nummer, jedoch nicht, wer der Anrufer war.

„Hallo! Hier ist Lotta!"

„Hank Schiefer vom *Handkerchief*. Einen wunderschönen Feiertagsmorgen. Hallo Lotta."

„Ja, Hank, was gibt´s?"

„Du hast doch vor ein paar Tagen nach einem Doppelbett gefragt", sagte er.

„Stimmt. Ja und?"

„Nun, ich hab´ gestern eins hereinbekommen. Frisch hergerichtet. Aus Messing. Ein Himmelbett. Ich kann´s heute noch vorbeibringen."

Lotta wurde schwindelig, wohl auch, weil Jacques direkt neben ihr saß. Darum flüsterte sie: „Mit Bettwäsche?"

„Mit allem Drum und Dran", versprach Hank.

Lotta entschied sich sofort: „Überredet. **Isch** gekauft."

****

Anmerkungen des Autors.

Talhalden, Obertalhalden und Durlangen sind fiktive Orte.
Die Handlung des Romans und die darin beschriebenen Personen sind frei erfunden. Real existierende Personen gleichen Namens haben mit der Geschichte nichts gemein.

Kriminalromane von Pit Ferman im Twentysix-Verlag.
aus der Edgar-Schaaf-Krimireihe.

„Schaafswinter."
ISBN: 9783740727550

„Schaafssturm."
ISBN: 9783740713454

„Schaafshammer."
ISBN: 9783740731533

„Schaafsgold und der ungelesene Autor"
ISBN: 9783740743277

„Schaafsinsel."
ISBN: 9783740752972

„Schaafshunde."
ISBN: 9783740708191

„Schaafsfrauen."
ISBN: 9783740761820

„Schaafssteine."
ISBN: 9783740766092

„Schaafsherbst."
ISBN: 9783740771980

„Schaafskind."
ISBN: 9783740785260

Weitere Bücher von Peter Siefermann im Twentysix-Verlag.

„Zwölfeinhalb Bären, oder wie die Bären nach Waldulm kamen."
ISBN: 9783740711917

„Das große Spiel, oder mit Lachdatte, Mängehatte und Poklapier."
ISBN: 9783740727451

„Tierisch-menschliches in Lyrik und Prosa."
ISBN: 9783740714000

„Drei Männer, zwei Boote, ein Fluss und der Blues."
ISBN: 9783740712952

„Teddor."
ISBN: 9783740729400

„Aus der Sicht des Pumas"
ISBN: 9783740731625

„Die Sachenfinderin"
ISBN: 9783740733674

„Der Totensänger."
ISBN: 9783740744281

„Der Bassist."
ISBN: 9783740746940

Der „Zach"
ISBN: 9783740749132

„Handkerchief"
ISBN: 9783740753580

„Zwölfeinhalb Bären auf Weltreise"
ISBN: 9783740766740

„einfach Uhl"
ISBN: 9783740771942

„Lui, der Vogelfreund"
ISBN: 9783740780854

Alle Bücher sind auch als E-Book erhältlich.

****

Pit Ferman wurde 1953 in Kappelrodeck im Land Baden-Württemberg geboren. Er lebte über dreißig Jahre in Basel in der Schweiz und arbeitete für ein deutsches Transportunternehmen. Nach Versetzung in den Ruhestand zog er mit seiner Ehefrau nach Deutschland zurück.
Pit Ferman ist Vater zweier Kinder, die beide in der Schweiz leben.